밑줄 긋는 남자

| 밑줄 긋는 남자 | 카롤린 봉그랑 · 이세욱 옮김 |
| Le Souligneur | Caroline Bongrand |

이 책은 실로 꿰매어 제본하는 정통적인 사철 방식으로 만들어졌습니다.
사철 방식으로 제본된 책은 오랫동안 보관해도 손상되지 않습니다.

오라비 필리프에게,

델핀 뮈라에게,

사촌 누이 로지에에게

그리고,

발타자르와

그의 행복한 분신인

르 무팡을 위해.

한국의 독자들에게

27년 전, 나는 『밑줄 긋는 남자』를 쓰고 있었다. 이 작품은 아마도 너무나 낭만적이고 너무나 소설적인 젊은 여자에 관한 소설이다. 여자는 현실 속에서 살기보다 환상 속에서 살기를 더 좋아했다. 나를 많이 닮은 여자였다. 우리는 마치 풀잎에 맺힌 두 물방울처럼 서로 비슷했다. 이 소설의 줄거리는 온전히 지어낸 것이지만, 나는 그 젊은 여자와 다르지 않았다. 그 여자는 상상에 잘 젖을 뿐만 아니라 그냥 소설적인 사랑 이야기가 아니라 〈완벽하게 소설적인〉 사랑 이야기가 존재한다고 믿었다. 이를테면 영화에 나오는 연애사가 실제로 벌어지리라 믿었다는 것이다. 그런데 현실은 사뭇 다르다. 어떤 연애든 얼마쯤은 소설적인 것으로 시작되지만(남이야 뭐라든 커플은 으레 그렇게 이야기하고 믿고 싶어 한다), 그 소설적인 것은 둘이서 함께 살다 보면 사그라든다. 사람들은 현실에 도달하는데, 이 현실은 매력적이거나 행복하거나 건설적인 것일 수도 있지만, 무엇보다 매우 실제적이며 진정한 삶에 뿌리박혀 있다. 반면에 환상이란 허공에, 상상의 신비로운 구름 속에 걸려 있다. 이 신비로운 구름 속에서 종당엔 사람들이 자기들 혼자서 비현실적인 세계를 지어낸다. 존재하지 않는 이 세계는 유달리 이기적이다. 그런 환상은 이기성의 한 표현이고, 타자의 인간적인 현실에 대한 부정, 그러니까 타인과 이타성에 대한 부정, 요컨대 사랑과 반대되는 것이다.

얼마 전에 새 소설(아홉 번째 소설)을 출간했다. 써놓고 보니 그것은 『밑줄 긋는 남자』와 비슷하지만 더 성숙한 작품이다. 45세 여주인공은 소설적인 환상을 겪고 그에 따라 지독한 실망에 빠져들기도 한다. 내가 보기에 사랑의 환상은 결국 자기도취의 과도한 증상이고, 현실을 통제하지 못하는 것과 연관되어 있다. 그렇다 해도 문학이나 영화의 관점에서 보면 사랑의 환상은 거의 필수적이다. 그런 것이 없으면 모든 게 너무 밋밋하다. 실제의 삶은 그와 다르다. 우리는 소설적인 것이 없어도 살아갈 수 있다. 누군가와 조금이라도 삶을 공유할 수 있다면, 서로 잘 이해하고 좋은 시간들을 은근하게 나눌 수 있다면 말이다. 『밑줄 긋는 남자』의 주인공 콩스탕스가 특이한 모험을 벌인 끝에 깨달은 바가 바로 그것이다. 그 깨달음에 따르면 진정한 삶은 그다지 실망스럽지 않고, 더 나아가서는 현실의 삶이 상상의 삶보다 훨씬 더 만족스러울 수도 있다. 완벽한 것은 존재하지 않는다. 우선 그 점을 받아들여야 한다. 그러면 나중에 현실의 삶이 한결 행복하다고 여기게 된다.

이 서문을 끝내면서 덧붙이고 싶은 말이 있다. 『밑줄 긋는 남자』가 한국에서 출간된 것은 나에게 더없이 영광스러운 일이다. 초판 1쇄에 그치지 않고 계속 쇄를 더해 가며 찍어 내고 있으니 말이다. 나는 한국이라는 나라에 경탄을 금할 수 없다. 한국은 오늘날 다양한 분야에서 전개되는 세계적인 혁신의 요람들 가운데 하나일 뿐만 아니라, 역사적인 고난을 겪으며 깊은 상처를 입은 나라이기도 하다. 서울과 한국의 다른 곳들에서 내 책이 읽힌다고 생각하면 무량한 감동이 밀려온다. 언제든 거기에 가서 내 독자들을 만날 수 있다면 좋으리라. 그러니까 이 글의 마지막 말은 감사, 크나큰 감사이다.

2016년 가을, 파리에서
카롤린 봉그랑

1

　어느 날, 내가 사랑하던 남자가 내게 너무 많은 고민 거리를 안겨 주기 시작했다. 어느 날, 난 싫증을 느꼈다. 답장이 없는 그에게 편지를 쓰는 데도 지쳤고, 내 침대 위에 걸린 그의 사진을 어루만지는 일에도 신물이 났다.

　밤마다 가슴 위에 책을 세운 채 잠드는 바람에 직각 모양의 붉은 자국이 가실 날이 없었으니, 레옹도 나를 한심하게 여겼으리라. 그렇다고, 내가 한 작가를 사랑 한다는 것과 그에게 다가가기 위해서 오로지 그의 책 들만을 가지고 있다는 사실을 레옹에게 설명할 수는 없었다. 설령 내 감정을 레옹에게 전달했다 한들, 그는 아무것도 이해하지 못했을 것이다. 레옹은 다름 아닌, 플러시 천으로 된 장난감 당나귀이며, 여타의 것에서 그렇듯이, 그는 문학 방면에도 문외한인 것이다.

　내 사랑을 위해 내가 한 일은 사람들이 상상하는 것

이상이다. 우선, 나는 파리의 도서관들을 빠짐없이 뒤졌고, 센강 우안과 좌안의 모든 헌책 장수들과 얘기를 나눴으며, 그의 책이라면 갖가지 판형의 것들을 모조리 사들였고, 그의 전기 두 권을 탐독했다. 그가 러시아 태생임을 알고 나서는, 청어와 보르시[1]를 좋아하게 되었고, 싫어하던 보드카를 단숨에 털어 넣을 줄도 알게 되었다. 그의 출판사를 추근추근 물고 늘어진 끝에, 그가 점심 식사를 하던 장소들을 알아내고는, 그곳들을 차례로 찾아다녔다. 브레아가(街)의 〈리프〉에서 〈르 프티 도미니크〉에 이르는 그 탐방은 일종의 성지 순례나 다름없었다. 그가 세상을 떠난 지 10년의 세월이 흘렀음에도, 모두들 그가 즐겨 앉던 식탁이며 그가 먹던 음식을 아주 잘 기억하고 있었다. 나는 〈똑같은 식탁〉을 요구했고 〈똑같은 음식〉을 주문했다.

그의 전기 중 한 권에서, 그의 아버지가 예이젠시테인[2] 감독의 영화에 자주 출연한 배우였다는 이야기를 읽고 난 후, 나는 샤요의 시네마테크[3]에 관람 신청을

---

1 러시아의 대표적인 수프로서 고기와 야채를 넣어 끓인다.
2 Sergei Eisenshtein(1899~1948). 러시아 최고의 영화감독으로 몽타주 이론 등 현대 영화 이론의 체계화에 크게 기여했다.
3 센강을 사이에 두고 에펠 탑과 마주 보는 자리에 갖가지 박물관이 들어서 있는 팔레 드 샤요가 있다. 그 건물의 날개 부분에 영화 박물관이 있는데, 그곳 시네마테크에서는 예전에 만들어진 각국의 우수 영화들을

해서 예이젠시테인의 영화를 모두 보았다. 그 아버지의 눈 속에서 아들의 눈길을 느껴 보리라는 바람에서였다. 나는 그가 살았던 그 사람의 거리, 곧 바크가(街)에 있는 계단은 죄다 밟아 보았다. 심지어는 그가 무척이나 사랑했던 여배우와 비슷해지려고, 내 머리털을 금빛으로 물들일 생각까지 했다.

나는 아마도 그의 취향에 맞는 여자가 아니었을 것이다. 하지만, 그의 취향은 어떤 것이었을까? 그는 자기의 가명만큼이나 많은 취향을 가지고 있지 않았을까? 가리,[4] 아자르, 시니발디, 보가트, 그리고 또 무엇이 있었을까?

고민거리는 그렇게 꼬리에 꼬리를 물고 이어졌다. 사람들은 어쩌면, 그가 죽었다는 사실이 무엇보다도 큰 문제였으리라고 생각할지도 모르겠다. 그러나 그렇지는 않았다. 무엇보다도 큰 문제는, 내 나이 겨우 스물

매일 4~5편씩 상영하고 있다.

4 Romain Gary(1914~1980). 러시아 태생의 프랑스 소설가. 러시아에서 유년기를 보내고, 폴란드에 이어 프랑스로 이주한 후 〈자유 프랑스〉의 전투원으로 나치에 대항해 싸웠으며, 한때는 외교관 생활을 하기도 했다. 『하늘의 뿌리』(1956년 공쿠르상 수상작), 『새벽의 약속』, 『연』 등, 휴머니즘과 해학이 가득 담긴 많은 작품을 남겼다. 의문의 자살을 한 뒤, 『그로칼랭』, 『자기 앞의 생』(1975년 공쿠르상 수상작) 등을 쓴 에밀 아자르와 동일 인물임이 밝혀졌다. 결국 그는 공쿠르상을 두 번 받은 유일한 작가가 되었다.

다섯인데, 그가 쓴 책이 서른한 권밖에 안 된다는 것이었다. 그중에서 이미 여섯 권을 읽었으니, 1년에 한 권 꼴로 읽는다 해도 쉰 살이면 끝이 난다. 그럼 그 후엔 어떡하나?

그렇다고 달리 사랑할 남자도 없어서, 결국 나는 다른 작가들에게 관심을 갖기로 결심했다. 도서관의 일반 회원이 되는 데는 80프랑이 필요했다. 80프랑은 내형편에 부담이 되는 금액이 아니었다. 그래서 나는 우리 동네 도서관의 사서 아가씨에게, 회원이 되려면 어떤 절차를 거쳐야 하느냐고 물어보았다. 그 아가씨는 서랍에서 파란색의 작은 신청서를 꺼내 나에게 내밀었다. 모든 일은 그렇게 시작되었다.

나는 파란 신청서에 성명, 나이, 주소, 직업 등을 적고, 일반 회원이라는 말 앞의 네모칸에 표시를 한 다음, 가방에서 지폐 한 장을 꺼내 내밀었다. 지젤이라는 이름이 새겨진 자그마한 플라스틱 배지를 달고 있는 그 아가씨는 신청서에 검인을 찍고 날짜를 써넣더니 또 하나의 서류에 서명을 하게 했다. 도서관 규정을 준수하겠다고 약정하는 서류였다. 〈도서를 정성스럽게 보관하여 양호한 상태가 유지되도록 해주십시오. 책장을

14

떼어 내거나 주석을 기입하지 마십시오. 책장의 귀를 접지 마십시오. 도서를 기한 내에 반납하여 주십시오 ─ 연체하는 경우에는, 일주일을 넘길 때마다 한 권당 1프랑의 연체금을 내야 하며, 연체금 총액에는 연체 통지에 드는 우편 비용이 보태집니다. 도서를 반환하지 않거나 분실하는 경우, 독자는 도서관에서 정한 금액을 판상(辦償)하거나 시중에서 새로 구입한 동일 판의 다른 책으로 대체하여야 합니다. 반복해서 통지를 보냈음에도, 도서를 반납하지도 않고 어떠한 방식으로도 원상 복구하지 않을 경우 즉시 회원 자격을 잃게 되고 공공 재산 절취 혐의로 시청 관계 부서로부터 고소를 당하게 됩니다.〉

지젤은 파리시의 로고가 찍힌 작은 청색 카드 세 매 ─ 책 한 권씩을 빌릴 때마다 카드 한 장을 사용하게 되어 있었다 ─ 를 나에게 내밀면서, 각 카드의 윗부분에 성명을 적으라고 했다. 카드의 나머지 부분은 3단(段)으로 종단해서 책 이름과 대출일과 반납일을 기재할 수 있게 되어 있었다.

지젤은 내 신상에 관한 정보를 지체 없이 전산 파일에 입력하기 시작했다. 입력이 끝나자, 나는 회원이 되었다.

2

새로운 작가를 선택하기란 그다지 쉬운 일이 아니었
다. 그도 그럴 것이, 한쪽 서가(書架)만이 유독 내 마음
을 끌고 있었기 때문이다. 나는 목청을 돋워 스스로를
타이른 다음, 억지로 다른 곳을 보아야만 했다. 자신이
커다란 제과점에 들어온 소녀처럼 느껴졌다. 딸기 에
클레르[5]도 있고 속이 환히 보이는 누가[6]도 있는 으리으
리한 제과점이었다. 나는 어디에 마음을 두어야 할지
더 이상 가리사니를 잡을 수 없었다. 서가 사이의 통로
도, 책의 종류도 너무 많거니와, 무엇보다도 독서 체험
이 변변치 못한 데다 자신의 취향과 욕망을 전혀 종잡
지 못하고 있는 탓이었다. 세계의 어느 아름다운 도시

5 딸기 크림, 초콜릿 크림 등으로 소를 넣고 거죽에 설탕을 입힌 작고
갸름한 과자.
6 설탕, 물엿 따위를 끓인 후 땅콩, 밤, 아몬드를 섞어서 굳혀 만든 과자.

에 관한 관광 책자나 고를까? 아니야. 내가 여기에 온 이유를 생각해야 해. 나는 책읽기를 다시 배우러 온 거야. 그럼으로써, 그 사람이 내게 예정된 유일한 작가가 아니며 나를 웃기고 울릴 수 있는 다른 작가들이 허다하다는 사실을 확인해야 해. 그저 조금만 찾아보면 되는 거야. 나는 책들을 애무라도 하듯 50권쯤 쓰다듬고 나서야, 뒤라스의 『북중국의 연인』과 르루의 『노란 방의 비밀』을(내 방의 빛깔이 연노랑이라는 이유로) 골랐고, 세 번째로는 폴리냐크의 소설 하나를 집어 들었다.

골라낸 세 권의 책을 신고하고, 나는 가뿐한 발걸음을 내딛으며 집으로 돌아왔다. 나는 거울 앞에서 푸아 소리를 내며 15분 남짓을 보냈다. 그건 기분이 좋을 때 나오는 내 버릇이다. 푸아, 푸아, 푸아.

나는 아침 먹은 그릇을 설거지하고, 욕실과 침실의 휴지통이며 재떨이를 비웠다. 그런 다음 시원한 우유 한 잔을 따라 마시고, 침대에 올라가 당나귀 레옹과 양(羊) 위고 사이에 자리를 잡았다. 그제야 나는 독서를 시작할 수 있었다.

『북중국의 연인』, 그 소설은 이내 따분함을 느끼게 했다. 이야기는 도무지 시작될 기미를 보이지 않았고, 문체는 텔렉스 문장을 읽는 듯했으며, 세 문장마다 행갈이를 한 체제도 마뜩찮았다. 처음 몇 페이지를 읽고 나자 내 눈은 자발없이 걸러뛰고 싶은 욕망에 사로잡혔다. 내 눈은 단락에서 단락으로 건너뛰었다. 어느덧 나는 크게 대각선을 그리며 읽고 있었고, 대각선은 왼쪽 페이지 위쪽에서 오른쪽 페이지 아래쪽으로 한껏 커졌다. 결국 나는 〈뒤라스를 읽었노라〉고 오빠에게 자랑하리라던 생각을 버렸다. 오빠는 대단한 교양인으로서 읽을거리라면 뭐든지 닥치는 대로 섭렵한 터라, 트리비얼 퍼수트[7]라는 놀이에서 언제나 이기는 사람이다.

나는 뒤라스의 소설을 방바닥에 내려놓고 르루의 『노란 방의 비밀』을 집어 들었다. 그러고는 잠시 쥐고 있다가 『북중국의 연인』 위에 도로 올려놓았다. 그 소설에서 끔찍한 이야기라도 읽는 날이면, 내 방의 연노랑 빛깔을 더 이상 감당하지 못하고 밤마다 두려움에

---

7 Trivial Pursuit. 미국 기업 Selchow & Righter가 1983년에 개발해 미국, 캐나다 등지에서 큰 인기를 모은 놀이 상품. 놀이판 위에서 주사위를 번갈아 던져 중앙으로부터 자기가 원하는 방사축 쪽으로 말을 전진시키다가, 그 끝에 있는 각 분야의 본부에 다다르면 질문 카드를 집어 거기에 적힌 질문에 답한다. 그런 식으로 나머지 분야의 문제도 다 맞춘 다음, 중앙의 마무리 말 밭으로 들어가 정답을 맞추면 이기게 된다. 질문은 지리, 연예, 역사, 문학-예술, 과학-자연, 스포츠-레저 등 여섯 분야에 걸쳐 모두 6천 개의 카드로 이루어져 있다.

떨 터이니, 위험 부담이 너무나 컸다. 게다가 벽의 빛깔을 너무 자주 바꾼 탓에, 페인트 냄새에는 진력이 나 있었다.

나는 빈 잔을 부엌에 갖다 놓고 나른한 동작으로 찬장에서 비스킷 한 갑을 꺼냈다. 한 권의 책이 남아 있었고, 그것마저 나를 실망시킨다 해도 다른 책들이 온전히 남아 있으니 걱정할 일은 아니었다. 메닐 센터 도서관에 책은 얼마든지 있었다. 방으로 돌아와서 폴리냐크의 책을 손에 잡았다. 나는 비스킷 가루를 흘려 가면서 5분 남짓 그 책을 들여다보았다.

『오렌지빛』, 그것이 제목이었다. 책갈피를 떼어 내기가 수월치 않은 점으로 미루어, 크게 성공을 거둔 책이 아님은 분명했다. 세 단면에 노랑물을 들이고, 오톨도톨한 종이를 사용한 이상한 책이었는데, 아무에게서도 그 책에 대해 이야기를 들어 본 적이 없었다. 오빠도 그 책에 대해 말한 적이 없었다. 나는 이내 흥미를 느꼈다. 세 여자가 한 남자를 사랑하고, 그 남자는 네 번째의 다른 여자를 사랑한다는 줄거리였다. 문장은, 단(段)이 아주 많은 층층대처럼 묘사와 열거가 풍부했다. 그 각각의 묘사와 열거를 음미하면서, 나는 한 줄 한 줄 한 단어 한 단어 읽어 나갔다. 뒤라스를 읽을 때 무도병

(舞踏病)에 걸린 듯 제멋대로 들썽거리던 시선도 이제 차분해졌다. 그런데, 세 번째 장(章)부터 작가가 느닷없이 현재와 과거를 넘나들며 등장인물의 수를 늘리고 상황과 무대를 복잡하게 만들어 감에 따라, 흥미가 시들해지기 시작했다. 갑작스럽게 소설의 흐름을 이해할 수 없게 되자 나는 그 몰이해를 주위가 산만했던 탓으로 돌리면서, 열 페이지 앞으로 되돌아가 차근차근 다시 읽었다. 그러기를 두 차례 되풀이했으나, 요령부득이기는 매한가지였다. 내 시선에 뒤라스를 읽던 때의 무도병이 되살아났다. 나는 강종강종 걸러뛰며 읽다가, 그 사람과 마주치고 나서야 퍼뜩 정신을 차렸다. 밑줄 긋는 남자와의 첫 대면이었다. 76페이지 위쪽 여백에 한마디 말이 연필로 적혀 있었다.

당신을 위해 더 좋은 것이 있습니다.

　누군가가 감히 도서관의 엄격한 규정을 어겼다. 책을 반납할 때 지젤이 즉석에서 검사를 하는데도, 누군가가 그 검사를 피해 간 것이다. 들키지는 않았다지만, 그래서 그가 얻는 게 무엇이었을까? 그는 도서를 대출받지 못하게 돼도 좋다고 생각한 것일까? 그의 글씨체는 오른쪽으로 기울어진 편이었다. 그 문장에 눈길을 붙박고 한동안 바라보고 있노라니, 지젤이라는 그 아가씨가 그 낙서를 보았더라면 어떤 일이 벌어졌을까 하는 생각이 들었다. 지젤이 벌컥 화를 내면서, 잘못을 저지른 그 낙서자의 신청서 두 장을 찢고 그의 카드를 압수한 뒤, 위압적인 손짓으로 출구를 가리키는 모습이 떠올랐다. 그러다가 바로 〈그〉 의문이 뇌리를 스치고 지나갔다.

더 좋은 것이 있다는데, 무엇에 비해 더 좋다는 말일까?

이 책보다 더 좋은 것이 있다는 걸까? 아니면 독서보다 더 좋은 것이 있다는 걸까? 그리고 그 귀띔이 겨냥하고 있는 그 〈당신〉은 누구일까? 누구든 그 글을 읽는 사람? 아니면 나? 나를 모르면서 누가 나에게 글을 쓸 수 있었을까? 나는 윗옷을 입고 그 책 세 권을 가방에 담았다.

3

지젤은 나를 보자 입을 크게 벌리며 놀라워했다.

「그 책들이 마음에 들지 않았나 보죠?」

나는 묻는 말을 못 들은 체하고, 내 카드 세 장을 돌려주기를 기다리면서 출납대 앞을 떠나지 않고 그대로 있었다. 오전보다 사람이 훨씬 더 많았다. 스무 명쯤 되는 사람들이 서가 사이의 통로들을 오락가락하는데, 어떤 줄에서 사라졌다가는 비슷한 모습의 다른 줄 한 가운데에 다시 나타나곤 했다. 어느 줄이나 똑같은 모습으로 철제 서가가 죽 늘어서 있고, 아주 가지런하게 정돈된 책들이 빼곡히 들어차 있어서, 멀리서 보기에는 마치 거울에 비친 것처럼 닮은꼴을 하고 있었다.

지젤의 시선이 갑자기 내게로 쏠리고 있다는 느낌이 들었다.

「책에 낙서하면 안 돼요. 연필로 쓰는 것도 마찬가지

예요. 그건 규칙이에요.」

지젤이 농담을 하고 있는 것 같지는 않았다. 그렇다고 맥없이 다른 사람 대신 내가 덤터기를 쓸 수도 없는 노릇이었다.

「내가 낙서를 했다고요? 그게 어디에 있죠?」

나는 의뭉스럽게 볼멘소리를 내뱉으면서, 스스로를 변호할 마음의 준비를 했다. 여차하면 낙서한 사람을 일러바치고, 나 같으면 양심에 꺼려서라도 그런 짓은 도저히 못 할 텐데 어떻게 공공 재산을 훼손할 수 있느냐며 그 사람을 헐뜯을 생각까지 하고 있었다. 나는 지젤이 내 코밑에 들이대고 있는 책장이 몇 페이지인지를 주의 깊게 살폈다. 그건 76페이지가 아니라, 다른 곳이었다. 번호를 매기지 않은, 책의 마지막 페이지였다. 거기에는 대출일과 반납일을 보여 주는 명함지 카드가 네 귀퉁이의 고무테이프에 꼭 물려 있었다. 지젤은, 그 책에 보람[眼標]을 해두기라도 하듯, 아니면 그 책의 역사를 만들어 주기라도 하듯, 날짜 도장을 찍으려던 참이었다.

「여기 있잖아요.」

지젤은 엄한 말투로 낙서가 있는 곳을 알려 주었다. 마치 하지 말았어야 할 어리석은 짓을 한 개에게 그 개

23

가 저지른 짓이 무엇인지를 보여 주려는 것 같았다.

지젤이 반납일 도장을 찍기가 무섭게 나는 그 책을 빼앗다시피 낚아챘다. 역시 연필로 써놓은 또 하나의 짤막한 문장이 있었는데, 필체는 처음 것보다 더 촘촘하고 힘이 덜 들어가 있었다. 단호함이 좀 수그러든 필체라고나 할까?

도스토옙스키의 『노름꾼』, 좋은 책입니다. 그걸 당신에게 권합니다.

지젤은 그 문장을 지우갯밥으로 만들려고 벌써 고무를 들고 있었다. 20초만 늦었어도 모든 걸 놓칠 뻔했다.

운이 좋았다. 그러잖아도 조언을 구하고 있던 중이었는데. 게다가 도스토옙스키는 러시아 사람이 아닌가. 내가 숭배하는 작가와 조금이라도 관계가 있다 싶으면 무엇에든 흥미를 느꼈듯이, 나는 그 소설에도 관심을 갖기로 결심했다.

「『노름꾼』을 찾는데요, 그거 어디에 있죠?」

「외국 문학 러시아 부문 D 자에서 도스토옙스키를 찾으세요. 아가씨 바로 뒤에 있어요.」

나는 몸을 돌려 지젤이 일러 준 줄을 재빠른 눈길로

훑어 나갔다. 되도록 빨리 D 자로 건너가려고 A, B, C
자는 대충 넘겼다. 도스토옙스키:『백치』,『카라마조프
씨네 형제들』,『죄와 벌』,『악령』 제1권. 그게 다였다.
『노름꾼』은 없었다. 다시 몸을 돌려 지젤을 찾았으나
자리에 없었다. 통로 다섯 군데를 돌아다니고 나서야,
〈예술 도서〉 칸에서 그녀를 찾아냈다. 지젤은 보티첼리
에 관한 어떤 책을 정돈하고 있었다.

　「그 책이 없는데요.」

　「흔히 있는 일이에요.」

　「하지만 그게 당장 필요한데.」

　「누구든 책을 반납하기 전까지 3주 동안 가지고 있
을 수 있잖아요.」

　「누가 가져갔는지 아세요?」

　「나보고 여기서 누가 뭘 빌려 가는지 다 기억하고 있
으란 말인가요!」

　「어딘가에 기록해 두긴 했겠지요. 그래야 되는 거 아
니에요? 컴퓨터가 뭔가 한몫을 할 것 같은데요.」

　지젤은 손가락으로 출납대를 가리켰다. 어떤 젊은
남자가 컴퓨터 자판을 두드리고 있었다.

　「보시다시피 컴퓨터는 다른 사람이 차지하고 있어
요. 누군가가 쓰고 있잖아요. 플레야드[8] 총서에서 찾아

보았어요? 그 총서는 사들인 지 얼마 안 돼서 아직 아무도 빌려 가지 않았어요.」

지젤은 나를 플레야드 칸으로 데리고 가더니, 도스토옙스키 전집을 꺼내 내게 내밀었다.

「보통 판으로 나온 게 좋겠는데요.」

「〈보통 판〉으로 나왔다는 게 무슨 말이에요?」

「잘은 모르지만, 단행본이든 폴리오⁹판이든 『노름꾼』만 들어 있는 걸 말하는 거예요.」

「저기요, 그렇게 급하시면 보피스 도서관엘 가보세요. 거기 가면 틀림없이 그 책이 있을 거예요. 밖으로 나가서 오른쪽으로 2백 미터 가면 그 도서관이 있어요.」

「내 말을 이해하지 못하는군요. 내가 원하는 건, 이 도서관에서 아가씨가 빌려주는 책이에요.」

지젤은 호기심 어린 표정으로 나를 바라보았다. 그녀가 폴리냐크의 책 말미에 있던 그 〈권고〉를 읽었는지, 아니면 규칙 위반의 흔적을 서둘러 지우느라고 누구나 당연히 가질 호기심도 느끼지 못했을지는 알 수 없었다.

---

8 Pléiade. 프랑스 갈리마르 출판사에서 세계적인 고전을 엄선하여 발간하는 문학 총서.
9 Folio. 갈리마르 출판사에서 발간하는 문고판 문학 총서.

「자, 보다시피 난 바빠요. 그러니, 다른 책을 찾을 생각이면 내 동료에게 문의하세요.」

나는 다른 책이 아니라 도스토옙스키의 『노름꾼』을 찾고 있었다. 난 그 책을 원하고 있었다. 뭐라고 설명할 수 없는, 갑작스럽고, 억누를 수 없는 열망이었다. 한소끔 부르르 끓어올랐다가 이내 사그라지는 변덕스러운 연정 같은 것인지도 몰랐다. 나는 지젤이 말한 그 동료에게 물어보고 싶었다. 그러나 불운하게도 출납대에 다다라 보니 그는 자리에 없었다.

나는 막막하고 화가 나서, 지젤과 그녀의 동료에게 갖은 욕을 해대면서 — 물론, 회원 자격을 잃지 않도록 낮은 음성으로 — 도서관을 나왔다. 〈누군가〉가 나에게 그 책을 권했을 때는 그럴 만한 이유가 있는 것이다. 내가 그 이유를 알고 싶어 한 건 어쩌면 당연한 일일 수도 있다.

집에 돌아와 보니, 자동 응답기의 자그마한 빨간 불이 깜박거리고 있었다. 나를 생각하며 전화를 해줄 수 있는 사람이 그 누구일까? 물론 파니였다. 파니 말고는 그럴 사람이 없다. 친구들 집을 번갈아 찾아다니며 수요일 저녁마다 식사를 하는 그녀의 변함없는 행사 때문에 전화를 한 것이다. 그날 저녁에 갈 곳은, 파니의

대학 동창인 프레드의 집이었다. 아무것도 안 하는 것
보단 그게 나을 것 같았다. 텔레비전 프로그램이 재미
없다고 투덜대면서 줄기차게 채널을 바꿔 가며 저녁
시간을 보내거나, 무미하기 짝이 없는 거대한 백색 사
각형의 천장을 멍하니 바라보며 침대에서 시간을 보내
는 것보단 그게 나을 성싶었다. 파니와 함께 있으면 하
다못해 대화라도 나눌 수 있지 않은가? 게다가 집에만
틀어박혀 있으면 어떤 만남도 이룰 수 없는 법이다. 파
니가 자기 차로 나를 데리러 왔다. 우리는 교통이 아주
혼잡한 콩코르드 광장을 거쳐 6구(區)[10]에 다다랐다.
파니는 누구도 자기에게 벌금을 물리지 못할 거라고
단언하면서 버스 통행로 위에 아주 고약하게 주차를
했다. 〈밤이라 괜찮을 거야.〉 9시가 넘은 시각이라서 건
물 현관의 비밀번호가 통제 기능을 시작한 뒤였다. 파
니는 깜박 잊고 수첩을 가져오지 않았다. 오토비앙시
승용차의 엔진 덮개 위에 가방을 비우고 찾아보았지만
헛일이었다. 나온 것이라곤, 열쇠 꾸러미, 립스틱 두 개,
블러셔, 자동차 서류, 바나나처럼 생긴 동전 지갑, 『쌍
둥이자리와 사랑 운』이라는 소책자, 손톱 줄칼, 수표
책, 물고기 모양의 머리핀뿐이었다. 하는 수 없이 우리

10 메닐 센터가 있는 주인공의 동네는 파리 16구.

는 프레드에게 전화를 걸러 어떤 카페에 들어갔다.

파니가 전화를 하는 동안 나는 회전목마처럼 돌아가는 진열장을 바라보고 있었다. 프레드가 통화 중인 탓인지, 아니면 문제의 비밀번호가 문자 열두 개에 숫자가 서른두 개라도 되는 탓인지, 파니는 진열장이 아홉 번을 돌도록 전화를 끝내지 않았다. 나는 계속 기다렸다. 진열장 안에는 사과 파이, 버찌 과자, 캐러멜 크림 세 개, 머랭 크림 세 컵이 들어 있었다. 진열장을 저렇게 회전시켜서 득이 될 일이 뭐가 있을까? 사람들에게 현기증을 주는 것 말고 도움이 될 일이 있을까? 환기에 도움이 될까? 아니면 행여 사람들이 견본에 붙은 가격표를 보고 부담을 느낄까 싶어, 자세히 들여다볼 틈을 주지 않으려는 속임수일까? 그런 생각을 하면서도 나는 꼼짝 않고 들여다보고 있었다. 흥미 있는 구석이라곤 한 군데도 없던 냉장 진열장이 그 회전 운동 덕분에 마침내 내 마음을 사로잡은 것이다. 나는 최면에 걸린 듯 그것을 바라보았다.

열여섯 바퀴째에 파니가 나를 최면에서 깨어나게 했다. 파니는 비밀번호를 알아냈고, 프레드는 우리를 기다리고 있었다. 파니를 따라 계단을 올라간 다음, 온통 장밋빛으로 도배를 한 아파트 안에 들어섰다. 내 나이 열두 살 되던 해쯤에 도배를 한 것처럼 벽지의 빛이 바래 있었다. 나는 프레드에게 인사말을 건네고 긴 안락의자에 앉았다. 청재킷을 벗지 않고 스카프도 두른 채로 있었다. 겨울이 다가오고 있었으므로 이제 온기를 보존할 필요가 있었다.

얼마 안 있어 다른 아가씨가 한 사람 더 왔다.

그날 밤, 나는 아무것에도 관심이 없었다. 프레드에게도, 프레드의 여자 친구에게도, 파니에게도 관심이 없었다. 생각나는 거라곤, 도저히 먹을 수 없었던 볶은 〈바스마티〉 쌀, 그리고 범칙금 통고를 받고 그 액수를 확인하던 파니의 표정뿐이었다. 범칙금은 9백 프랑이었다.

4

전화벨 울리는 소리에 잠이 깼다. 내 생일날 점심을 같이 먹자는 아버지의 전화였다. 장소는 〈작은 집〉으로 정했다.

〈작은 집〉이란 미슈 아저씨의 아파트를 말한다. 아버지는 의붓어머니와 만난 것을 심각하게 후회하기 시작하던 터였다. 의붓어머니가 하도 심하게 아버지를 닦아세우고 감시하고 을러메는 통에 아버지는 미칠 지경이 되어 있었다. 이젠 자기 딸을 만나는 것조차 극비에 붙여야 할 판이었다. 말하자면, 의붓어머니는 자기 없이도 아버지가 즐거울 수 있다는 생각을 받아들이지 못했다. 그게 가능성이 아니라 현실로 나타났기 때문에 더욱 견딜 수 없었을 것이다. 아버지는 미슈의 집에 자주 드나들었다. 두 사람은 아주 친했고, 만나면 실없는 소리들을 끊임없이 해댔다. 농담이나 노골적인 음담을 주고받으며 카드놀이를 하다가, 그것이 끝나면 101개 또는 151개의 당구공으로 하는 미국식 내기 당구를 한 판씩 벌이곤 했다.

미슈는 즐겁게 사는 독신자였고, 쾌활한 낙천가였으며, 친구들의 이혼 기념일을 챙겨서 축하해 주는 그런 사람이었다. 아버지와는 죽마고우 사이이며 두 사람은 한 번도 소식이 끊어진 경우가 없었다. 미슈에겐 아내도 없고 자식도 없었다. 〈처성자옥(妻城子獄)에 갇히지 않고 완벽한 자유를 누리겠다〉는 게 그의 생각이었다. 나는 미슈 아저씨의 딸 노릇도 하고 있었다. 나는 그의 집에 불쑥 들이닥치는 걸 좋아했는데, 이따금 그의 침대에 숨어 있는 아가씨를 쫓아내는 일도 재미있었다. 미슈는 그 아가씨에게 서둘러 나가라는 신호를 보내면서 〈FDP〉[11]표 가운을 던져 주고는, 팬티 바람으로 번개같이 바지를 꿰어 입곤 했다.

미슈에게는 자기의 모든 애인들보다 내가 더 소중했다. 여자가 나가고 나면, 그는 몬테크리스토 5호 시가나 빨간 던힐을 피우면서, 나에게 복숭아나 배 넥타를 대접하고 자기는 〈지비 글라스〉라는 술을 한 잔 따라 마셨다. 그런 다음엔, 으레 입에 밴 짤막한 질문을 던졌다.

11 *filles de passage*. 〈뜨내기 여자들〉이라는 뜻.

「행복하냐? 사실대로 말해 봐.」

내가 그렇다고 대답할라치면, 〈그게 누구냐?〉라든 가 〈그 친구 어떠냐?〉라는 질문이 이어지곤 했다. 그는 〈등받이가 불안정해서〉 특별한 사람만 앉아야 한다는 자기의 커다란 안락의자에 앉았고, 나는 융단 가장자 리 어름에 놓인, 팔걸이 없는 아프리카식 방석 의자에 앉아 융단의 술을 땋으며 손장난을 했다. 특히 그의 물 음에 대한 내 대답이 〈아니오〉인 날에 그 손장난을 즐 기곤 했다. 미슈는 늘 자동 응답기를 연결해 놓았고 어 떤 전화도 받는 일이 없었다.

「18일, 여느때처럼 15분 전 1시에 만나요.」

「혹시 마리테레즈가 전화하거든 내가 전화했단 얘기 하지 마라. 그 여자한테는 파니하고 생일을 보낼 거라 고 해.」

10분 후에 의붓어머니가 전화를 걸어 왔다.

「애야, 10월이구나. 네 생일이 얼마 안 남았지? 무슨 계획이라도 있니?」

직감이 아주 뛰어난 여자였다. 나는 친구들과 주말 여행을 떠날 예정이어서 당일에는 여기에 없을 거라고 무뚝뚝하게 말했다. 의붓어머니는 5분은 족히 넘게 수 다를 떨어 댔다. 빨리 전화를 끊고 싶었지만, 누가 초인종을 누르고 있다든가, 반 시간 후에 파리로부터 30킬로미터 떨어진 곳에서 누구를 만나기로 했다든가 하고 그럴듯하게 둘러대지 못한 채 어찌할 바를 모르고 있었다. 그럼에도 그 여자는 〈애야, 긴히 시장 볼 게 많아서 이만 끊어야겠다〉는 말로 통화를 끝냈다.

다시 설핏 잠이 들었는데, 3~4분 후에 수위 아주머니가 초인종을 누르는 바람에 그야말로 잠깐 동안의 선잠이 되고 말았다.

「우편물이에요. 피자 광고 전단들은 내다 버렸어요. 그 따위 것들은 누구나 귀찮아하거든요.」

「……」

「그리고 이왕 온 김에 하는 얘긴데, 건물 안에 들어오기 전에 신발을 좀 더 깨끗이 닦았으면 좋겠어요……. 청소하는 사람이 나니까 하는 말이에요. 나도 이제 늙어 가나 봐요. 곧 쉰세 살이 돼요. 이달 18일에 말이우.」

나는 좀 더 신경을 쓰겠다고 약속하고 문을 닫으며 고맙다고 말했다. 티셔츠에 팬티를 입은 차림은, 같은 층에 사는 두 이웃 남자들에게 과시할 만한 옷차림이 못 되었다.

자기 생일을 알려 주는 데 성공했으니, 수위 아주머니는 자기 목적을 달성한 셈이었다. 나는 비망록을 꺼내 거기에 〈곤잘레스 아주머니 생일〉이라고 적었다. 해마다 새 비망록을 펼치는 날이면 으레 써넣곤 하는 〈오늘은 내 생일이야!〉라는 짤막한 문장의 바로 윗자리였다. 나는 커튼을 걷고 창문을 반쯤 열었다. 쌀쌀하고 흐린 날씨였다. 기상대에서 틀림없이 그렇게 예보했겠지만 텔레비전도 보지 않고 라디오도 듣지 않고 있던 터였다. 나는 몸단장을 하고 옷을 입었다. 일진이 괜찮으면 오전에 『노름꾼』이 도서관에 돌아와 있으리라 생각하면서.

5

책은 아직 돌아와 있지 않았다. 여전히 없었다. 지젤도 없었다. 어떤 남자가 출납대를 지키고 있었다. 전날 내가 필요로 할 때 감쪽같이 사라졌던, 지젤의 〈동료〉라는 바로 그 사내였다.

「지금『노름꾼』을 누가 갖고 있는지 알 수 있을까요?」

「러시아 문학, 도스토옙스키,『노름꾼』.」

몇 분을 참고 기다려야 했다. 컴퓨터는 그다지 빠르지 않았다. 나는 그 틈을 이용해 가리-아자르 칸을 살펴보았다. 제법 많이 갖춰 놓았다. 그의 작품이 다 있지는 않지만 그래도 제법 많이 갖춰 놓은 편이었다. 소설 열네 권이 있었는데, 그 가운데는 포스코 시니발디라는 필명으로 발표한『비둘기를 얹고 다니는 남자』의 초판도 있었다. 사실상 거의 구할 수 없는 희귀본이었다. 왠지 나 자신이 자랑스럽게 느껴졌다. 음, 괜찮은 도서관이야.

「아가씨?」

「예?」

「내가 이래도 되는 건지 잘 모르겠지만, 하여튼, 그
책을 갖고 있는 사람의 이름은 알렉시스 젤입니다. 그
게 도움이 되겠습니까?」

「도움이 많이 될 겁니다. 고맙습니다.」

책을 빌려 간 그 독자와 연락을 취하려고 집까지 가
기에는 시간이 아까웠다. 도중에 어떤 우체국에 들어
가서 미니텔[12]을 이용했다. 〈알렉시스 젤, 파리〉라고
자판을 두드렸더니 전화번호가 나왔다.

운 좋게도 그 남자는 집에 있었다. 그는 빌려 간 책
을 펴보지도 않았고 펴볼 생각도 없다고 했다. 그저 대
략의 줄거리만 안 다음 어떤 논문에 세 줄 정도 끼워 넣
으려고 책을 빌려 갔던 것인데, 마침 누가 『문학 작품
사전』을 빌려줘서 책을 읽을 필요가 없게 되었다는 얘
기였다. 오전에 책을 반납해도 전혀 문제될 게 없기 때
문에, 그러잖아도 막 나가려던 참이었다고 했다.

나는 도서관으로 돌아가서, 출납대에 있는 남자에
게, 어떤 사람이 『노름꾼』을 반납하면 그건 나를 위한

12 Minitel. 프랑스 체신부가 개발한 정보 통신용 단말.

거니까 다른 사람에게 주면 안 된다고 사정을 설명한 다음, 열람실에 있는 〈관용(官用) 청색〉의 투박한 세 소파 가운데 하나를 골라 앉았다.

책이 도착하기를 기다리면서, 나는 보 데릭풍으로 머리카락을 여러 갈래로 땋아 늘였다. 머리털을 세 가닥으로 갈라 엇겯는 데 정신을 파느라고, 그 남자가 온 것도 모른 채 아둔하게 너무 오래 기다렸다는 생각만 하고 있었다. 땋아 늘인 머리가 얼굴을 덮어 버리자, 이번엔 그것들을 풀어내는 데 골몰했다. 이제는 유행이 한물간 머리 모양이었다. 여름에도 그렇게 하고 다니는 사람은 더 이상 찾아볼 수가 없다. 머리를 다 풀고 나자, 나는 그 책에 대한 소식을 알아보러 갔다. 지젤의 〈동료〉는 그 책을 싹싹하게 내주면서, 내 카드 중 하나를 달라고 했다. 나는 카드를 건네주며 고맙다고 말했다.

드디어 책을 손에 넣었다.

『노름꾼』, 도스토옙스키, 도미니크 페르난데스의 서문. 표지에 젊은 여인이 나와 있는데, 크고 검은 눈에 금발이며 긴 드레스를 입고 도박대 위에 서 있었다. 그녀의 발께에는 도박대 속에 빠진 한 남자의 얼굴이 있고, 잉크 같은 것이 고여 있는 파란 웅덩이에서 손 하나가 튀어나와 있었다. 그 책은 마땅히 가장 편안하고 정신 집중이 가장 잘 되는 상태에서 읽어야 했다. 집에 돌아오자 나는 장난감 당나귀 레옹을 방바닥으로 쫓아낸 다음, 베개를 베고 내 2인용 침대 위에 길게 누웠다.

나는 『노름꾼』에 쏟은 내 열의가 작가의 어떤 변덕 때문에 사그라지지 않기를 은근히 바라면서 책장을 넘겼다. 선후를 분간할 수 없게 시제를 혼용한다거나, 밑도 끝도 없이 대화가 불쑥 튀어나오는 일 따위가 없기를 바라면서……. 권말에 붙은 주석을 참고할 때(특히 러시아어 〈우치텔〉이 〈가정 교사〉의 뜻임을 알아내느라고 주석을 참고했을 때)를 빼고는, 중단 없이 계속 읽어 나갔다. 어찌나 열중해서 읽었던지 하마터면 연필로 그어 놓은 줄이 있는 것도 모르고 넘어갈 뻔했다. 30페이지 하단의 한 문장에 밑줄이 그어져 있었다.

내가 룰렛에 걸고 있는 이 희망이 우스꽝스럽다지만, 사람들의 일반적인 생각, 즉 도박에서 뭔가를 기대하는 게 어리석다고 여기는 견해가 내가 보기에는 더 우스꽝스럽다.

보아하니 누군가가 장난을 걸어오고 있었다. 룰렛이나 블랙잭이나 미국식 내기 당구와는 다른, 어떤 게임을 하자는 것 같았다. 누군가가 뭔가를 말하려 하고 있었다. 나는 선택의 기로에 서 있었다. 밑줄에 담긴 메시지가 나를 겨냥한 것으로 받아들이고, 그것에 관심을 가지면서, 최선을 다해 해독하려고 노력할 것인가, 아니면 그것을 무시해 버릴 것인가.

그 질문에 대한 대답은 바로 36페이지 맨 위에 나와 있었다.

하지만, 그게 아무리 어리석다고 해도, 이젠 나도 룰렛 말고는 희망을 걸 데가 거의 없습니다. 그러니 당신은 어떠한 일이 있어도 도박을 계속해야 합니다. 반은 저와 함께 하는 것입니다. 당신은 물론 그렇게 하시겠지요?

파니한테서 전화가 오는 바람에 독서를 중단했다. 앙자라는 여자가 떠난 뒤로, 애 보는 사람을 아직 구하지 못했기 때문에, 파니는 자기 아들 루카를 봐줄 사람으로 내가 필요했던 거다. 『노름꾼』이 지점토나 모빌, 레고, 그 밖의 유아용품과 뒤섞이는 것은 생각할 수도 없는 일이었으므로, 나는 책을 침대에 놔두고 택시를 불렀다.

아파트 문이 열려 있고, 루카는 얌전하게 거실에서 나를 기다리고 있었다. 손에는 바닐라 우유갑을 들고 있었고, 우유갑에는 입과의 연결을 확실히 하려는 작은 빨대가 꽂혀 있었다.

나는 안으로 들어가 문을 닫고 아이의 옆으로 가서 연분홍 융단 위에 앉았다. 파니는 외출 준비를 막 끝내고 있던 참이었다. 〈정말 고맙다. 한 시간 후에 돌아올게.〉 파니는 외투를 걸치면서 그렇게 말했다. 루카는 태연했다. 아이는 이제 나를 낯설어하지 않았다. 파니가 남편과 헤어져 따로 살림을 차린 뒤로, 나는 열 번 가까이 루카를 돌봐 주었다. 아이는 나를 무척 좋아하고 있었다. 아이 생각은 어떤지 몰라도 내 생각은 그랬다. 루카는 착하고 비교적 행복한 아이였으며, 부모의 결혼 생활이 일으킨 8개월 전부터의 폭풍, 즉 별거, 이사, 그 밖의 갖가지 혼란을 용케 잘 견뎌 낸 작은 배였다.

나는 그 아이를 무척 사랑했다. 내가 보기에 루카는 특별한 아이였다. 이가 별로 나지 않은 잇몸을 조금 드러내는 방긋 웃음, 금빛 곱슬머리, 거의 어른의 것이나 다름없는 그윽한 눈길, 자기도 알 건 다 아니까 이렇게 처신하고 있다는 듯한 표정, 한마디로 매력이 찰찰 넘치는 아이였다. 나는 루카를 만날 때마다, 바보 같은 얘기를 들려주며 장난을 치곤 했다. 세자르상 시상식이 있던 어느 날 밤, 파니가 밖에 나가고 없던 때의 일이다. 나는 루카에게 설명하기를, 그 행사는 1년에 한 번만 열리는데, 그날 밤엔 모든 사람들을, 그러니까 엄마, 아빠, 할머니까지도 모두 세자르라 부른다고 해주었다. 그날 밤, 파니가 아이를 데려가서 잠자리에 눕히려 할 때, 아이는 제 엄마에게 〈잘 자요, 세자르〉라고 말했다. 다음 날, 파니가 전화를 걸어 내가 그런 얘기를 해줬느냐고 물었음은 더 말할 필요가 없다. 루카가 어리석은 말은 하면 그건 다 내 탓이다.

　루카는 두 살 때 알파벳 열다섯 자를 식별하고 하나에서 여섯까지 셀 줄 알았으며, 가지와 오이를 분간하고(나는 여덟이나 아홉 살이 되어서야 그것들을 분간할 수 있었고 아직도 그럴 수 있다고 장담하기가 어렵다) 귤과 오렌지를 구분할 줄 알았다. 그 아이는 정리 정돈에 대한 예사롭지 않은 감각을 지니고 있었다. 낮 동안에 집 안을 온통 어질러 놓았다가도, 저녁에는 어김없이 목욕을 하기 전에 저 혼자서 다 정돈을 하곤 했다. 루카는 트럭을 좋아했고, 풀빛, 빨강, 노랑 고추를 아주 좋아했다. 자그마한 왕진 가방도 그 아이가 늘 갖고 노는 장난감이었는데, 청진기와 가위와 플라스틱 주사기를 빼낸 그 가방에, 파니는 초콜릿 빵과 바닐라 우유갑을 넣어 주는 게 아니라 〈매치박스〉 표 장난감

트럭과 서너 개의 고추를 넣어 주었다. 파니는 아이가 마음을 다칠까 봐 신중하게 처신을 해야 했고, 그래서 고추를 넣어 줄 때도 싱싱한 것으로만 골라 주었다. 자기 아들이, 어느 날 아침, 고추 네 개 중에서 쭈글쭈글하고 빛이 바랜 묵은 것을 발견하게 되는 일이 없도록 하기 위해서였다. 그런 일로 아이는 영원히 지울 수 없는 슬픔을 맛볼 수도 있고, 형이상학적인 문제에 봉착할 수도 있다고 파니는 생각했다.

나는 루카와 놀면서 한 시간 반을 보냈다. 레고 놀이, 자동차 놀이를 하고, 못난이 흉내 내기, 잠자기 흉내 내기도 했으며, 『샴 고양이 토토슈』와 『모자 쓴 개 키키』라는 동화 두 편도 읽어 주었다. 또 내가 지은 짤막한 가무 희극인 『고추의 왈츠』 1막과 2막을 보여 주기도 했는데, 남편 역은 노랑 고추, 아내 역은 빨강 고추, 애인 역은 풀빛 고추에게 맡겼다. 파니는 자기의 중요한 만남을 끝내고 돌아와서 〈일이 잘 됐어〉라고 말했다. 무슨 일인지 몰랐지만 나는 묻지 않았다. 우리는 셋이 다 같이 내려갔다. 파니는 오토비앙시 승용차의 유아용 안전 의자에 루카를 앉히고 나를 집까지 바래다주었다.

차 안에서 파니는 소식 하나를 전해 주었다. 어떤 고

급 의상실에서 다가오는 두 계절 동안 패션쇼에서 사용할 모든 액세서리의 제작을 그녀에게 맡겼다는 것이다. 나는 루카를 껴안고 뽀뽀를 한 다음, 집으로 올라와서 다시 독서를 시작했다.

6

소설의 줄거리에 무척 마음이 끌렸다. 알렉세이 이바노비치의 이야기가 정말 마음에 들었다. 그 작은 집단의 다른 구성원들, 즉 드 그리외 후작, 폴리나, 장군, 미스터 에이슬리 등을 묘사하는 방식도 마음에 들었다. 알렉세이 이바노비치의 부드러움과 천진난만함, 명석함과 재치가 마음을 사로잡았다. 밑줄 긋는 남자가 내게 제대로 충고를 했다는 생각이 들 무렵 그가 53페이지 한가운데에 다시 나타났다. 가는 연필로 또렷하게 그은 줄인데, 손을 들고 줄을 친 듯 완만하게 굽어 있었다.

이런, 나는 당신이 아름다운 여자인지 아닌지 그것조차 모르고 있군요.

나는 아름다운가?

나는 책을 놓고 욕실에 있는 거울을 보러 갔다. 나는 아름다운가? 파니는 아름답다. 나는 아름답다기보다는 예쁜 편일 것이다. 그렇다, 예쁘다는 말이 맞을 것이다. 사실 나는 성적 매력이 있다거나, 얼굴을 덮어 버릴 만큼 커다란 눈, 남미 여자 같은 몸을 지닌 그런 여자는 아니다. 내가 지닌 것은 뭐든지 보통이다. 내 코의 곡선은 부드럽고, 눈썹은 짙지도 옅지도 않으며, 허리 둘레는 표준이다.

하긴, 나보고 아름답다고 말한 사람도 있었다. 한 남자, 어쩌면 두 남자가 그랬을 것이다. 하지만, 남이 뭐라 하든 내 기준으로 보면 난 아름답다. 밑줄 긋는 남자가 그런 사정을 알 리가 없었다. 그가 아는 것이라곤, 내가 여자라는 사실뿐이었다. 그런데, 그는 내가 여자라는 사실을 어떻게 알았을까? 내가 도서관에 회원으로 등록한 것을 알게 된 어떤 친구가 장난을 치고 있는 것일까? 그건 아니다. 그것에 대해선 아무에게도 얘기하지 않았다. 파니 말고는 그것을 아는 사람이 없다. 파니는 그런 짓을 하지 않았을 것이다. 내가 자기 아들에게 장난을 좀 쳤다고 해서 복수를 하려고 벼르고 있는 거라면 몰라도 말이다.

56페이지 :

<u>나는 멀찌감치 떨어져 구경만 하고 있을지도 모르겠습니다.</u>

〈을지도 모르〉라는 부분에 지움 표시로 가로줄이 그어져 〈나는 멀찌감치 떨어져서 있겠습니다〉가 되었다. 더 읽어 나가다 보니 또 밑줄이 나타났다.

<u>나에겐 당신이 필요합니다. 그리고 당신은 내게 순종하겠다고 약속하셨습니다.</u>

앞서 나온 것들보다 더 힘이 들어간 밑줄이었다. 연필 때문에 패인 자국을 맨눈으로도 확인할 수 있었다. 나는 아무것도 약속한 적이 없었고, 그 사람을 알지도 못했다. 게임을 하는 것엔 동의를 했다고 치자. 그러나 단지 게임을 하자는 거였지, 순종하겠다는 것은 아니었다. 순종, 순종이라니…….

<u>모든 게 환상적이고 괴상하고 터무니없고 도무지 있을 수 없는 그런 이야기였다.</u>

다른 건 몰라도 그 점에 대해서는 나도 동감이었다. 환상적이라고 하기까지는 뭣하지만, 괴상한 것임엔 틀림없었다. 분명히, 나는 한 남자를 상대하고 있었다. 그건 거의 의심할 여지가 없었다. 뒷이야기가 궁금해지지 않을 수 없었다.

늙은 백작 부인이 룰렛에서 돈을 따가지고 돌아오다가 가난한 사람들에게 돈을 나눠 주는 대목을 읽고 나자, 밑줄 긋는 남자가 다시 나타났다. 이번에는 그의 고백이 좀 더 길었다.

나는 그녀의 비밀을 알아내고 싶고, 그녀가 나에게로 와서 〈사실 당신을 사랑하고 있어요〉라고 말해 주기를 바란다. 그런데 만일 이 미칠 듯한 사랑이 끝내 이루어질 수 없는 것이라면, 그땐……

정말이지 그는 나에 대해서 아직 아무것도 모르고 있었다. 그렇다고 그 사람과 직접 대면할 무슨 방도가 있지도 않았다. 책을 읽어 나가다가 밑줄을 발견하고 어떤 궁금증이 인다고 해도, 그에게 물어볼 방도는 없었다. 그를 직접 만나기 위해 내가 할 수 있는 일은 아무것도 없었다. 그렇다고 위험을 무릅쓰고 그 일에 대해서 지젤에게 이야기할 수도 없는 노릇이었다. 그녀가 보일 반응은 뻔했다. 고무를 들고 모든 메시지를 지우갯밥으로 만들기가 십상이었다. 일이 나쁘게 돌아가면 그 정도에서 그치지 않을지도 몰랐다. 지젤은 도서관에 모든 책들을 검사하라고 지시를 내릴 수도 있었다. 열 명쯤 되는 자원봉사자들이 지우개를 든 채 책을 뒤지고 있는 모습이 한순간 뇌리를 스쳤다. 안될 말이었다. 그건 내가 바라는 일이 아니었다.

백작 부인이 돈을 다 잃고 모스크바로 다시 떠나기로 한 대목까지 읽은 뒤, 잠이 들었던 듯하다.

7

나를 잠에서 깨어나게 한 것은 어머니의 전화였다. 생일 축하한다, 아가야. 어머니는 더할 나위 없이 명랑한 음성으로 그렇게 말했다. 나는 달리 대답할 말이 없어서 고맙다고 인사를 하고, 확실한 계획이 있으면 그날 낮 안으로 다시 전화를 하겠다고 제안했다. 나는 자리에서 일어나 세면을 하고 — 결국 생일이라고 해서 특별히 달라질 일은 없었다 — 수위 아주머니에게 줄 꽃다발을 사러 나갔다. 아주머니는 짐짓 놀라는 기색을 보였다. 수위실 회전 탁자 위에 초콜릿 꾸러미가 두 개 있는 거 하며, 내가 준 것 말고도 다른 꽃다발이 있는 걸 보아하니, 아주머니는 건물 내에 있는 모든 집들을 쑤석거리고 다닌 게 틀림없었다.

나는 곧바로 집에 올라와서 누구 말대로 〈옷차림에 공을 좀 들이고〉, 미슈 아저씨 집에 가려고 버스를 탔

다. 내 맞은편에 내 나이 또래의 갈색 머리 총각이 앉아 있었다. 무릎 위에 책가방을 얹고 손에는 책을 들고 있었다. 내가 내리기 한 정거장 전에 그가 자리에서 일어났는데, 그때 나는 언뜻 그 책의 제목을 보았다. 나보코프[13]의 『서배스천 나이트의 진짜 인생』이었다. 그는 책의 까맣고 자잘한 글자들과 나를 번갈아 가며 보고 있었다. 그는 나를 어떻게 생각했을까? 아름답다고 생각했을까? 내가 아름답다고 생각하지 않았다면, 왜 나를 바라보았을까? 버스 운전사가 갑자기 브레이크를 밟는 바람에, 그의 책가방에서 겨잣빛 〈크리테리움〉 노트가 빠져나와 내 발께에 떨어졌다. 나는 얼른 그것을 주워 미소를 지으며 내밀었다. 사실 어느 누구라도 밑줄 긋는 남자일 가능성은 있었다.

「너무 늦게 오는구나. 잠깐만 기다려.」

미슈 아저씨는 옆얼굴을 보이며 그렇게 말하고는, 나를 밖에 세워 둔 채 문을 얼른 다시 닫았다.

그의 옷차림을 볼 겨를은 없었지만, 금발에다 나긋

13 Vladimir Nabokov(1899~1977). 러시아 페테르부르크 태생의 작가로 혁명 후 베를린으로 망명하였으며, 1945년 이후 미국에 거주하며 작품 활동을 하였다. 『롤리타』, 『창백한 불꽃』 등의 장편소설과 희곡 작품을 남겼다.

나긋한 어떤 애인과 재미를 보던 중이었을 거라는 생
각이 들었다.

「들어와, 들어와. 미안해. 사실은 말이야, 네게 줄 선
물들을 잠시 다른 데로 치워 놓느라고 그랬어. 오자마
자 선물을 보면 좀 싱겁지 않겠니? 너, 날 그런 눈으로
보지 마라, 응? 네가 생각하고 있는 게 뭔지는 알겠는
데, 그런 게 아니야. 난 여자랑 같이 있지 않았어. 네 생
일날만큼은 그러지 않는다고.」

문의 초인종이 다시 울렸다. 아버지였다.

「미셸, 어서 오게.」

「어이, 미슈.」

「그런데, 자네 잊지 않았겠지? 오늘이 꼬마 아가씨
생일이라는 거 말이야.」

나는 미슈 아저씨가 나를 그렇게 부르는 게 싫었다.

「이런, 물론 까맣게 잊었지. 여기는 그냥 지나는 길에
들러 본 걸세.」

아버지는 그렇게 너스레치며 외투 안에서 갸름하고
아름다운 장미 한 송이를 꺼냈다.

차린 음식은 내가 좋아하는 것 일색이었다. 소금에
절인 발트해 청어, 오븐에 굽고 굵은 소금을 친 감자,
갖가지 치즈, 아몬드와 잣이 든 아이스크림. 아이스크

림 위에 초를 한 자루 꽂았다. 그 초는 흔히 볼 수 있는 그런 초가 아니었다. 미슈 아저씨가 불을 붙이자, 초에서 〈Happy Birthday to You〉라는 노래가 흘러나오기 시작했다. 내가 입김을 불자 노랫소리가 뚝 끊겼고, 두 사람은 손뼉을 쳤다.

커피를 마신 다음, 두 사람을 따라 미슈 아저씨의 방으로 들어갔다. 거기에 선물이 기다리고 있었다.

「가장 작은 것부터 풀어 봐라.」

나는 크고 작은 일곱 개의 꾸러미들을 작은 것에서 큰 것 순으로 풀면서, 내용물을 차례차례 확인했다. 리프 레스토랑의 8백 프랑짜리 상품권, 나무로 된 만년필, 목욕용 소금 주머니, 참기름 한 병, 플러시 천으로 만들고 선글라스를 씌운 장난감 지네, 흰색과 노란색이 섞인 두툼하고 헐렁한 스웨터, 수소를 넣어 부풀린 커다란 풍선. 풍선을 꺼내자마자, 미슈 아저씨는 그것이 천장으로 날아가지 않도록 침대 머리맡 탁자에 붙들어 맸다.

나는 감사의 뜻으로 두 사람 모두에게 입맞춤을 했다. 우리는 거실로 돌아와 오후 4시까지 카드놀이를 했다.

미슈 아저씨가 현관으로 배웅을 나왔을 때, 나는 그가 연필을 가지고 있는지 물어보았다.

「그럼, 있고말고. 몇 자루나 되는걸.」

「누구나 집에 그런 걸 가지고 있을까요?」

「물론이지. 싸고, 마디고, 게다가 지울 수도 있으니까. 그런데 그걸 왜 묻지?」

나는 대답 대신 미소를 지어 보였다. 쓸쓸함과 난처함이 반씩 섞인 미소였다.

「네 눈이 지금 어떤 줄 아니? 꼭 개집에 들어앉아 가게 안에 누군가가 들어오는 소리를 듣고 있는 강아지 눈 같구나.」

미슈 아저씨의 표현이 딱 들어맞는 것 같았다.

나는 지하철을 타고 집으로 돌아왔다. 자동 응답기에 녹음된 전언은 하나뿐이었다. 멋진 곳에서 저녁을 사주겠다는 어머니의 전화였다.

어머니와 아버지가 내 생각을 하고 있다는 것이 기뻤다. 그 점에 대해서는 나는 불만이 있을 수 없었다. 어머니와 아버지는 내게 다정하고, 오로지 나를 기쁘게 하려고 애쓰고 있다. 그런데 왜 이렇게 우울할까? 시뻐하는 이 낯빛은 또 뭐란 말인가? 청어를 너무 많이 먹은 탓일까? 나는 선물을 모두 미슈 아저씨 집에 두고 왔다. 거추장스레 그것들을 들고 돌아다니고 싶지 않았기 때문이다. 장미도 두고 왔다. 어쩌면 애인한테 받은 게 아니라 섭섭해서 그랬는지도 모른다. 생일을 맞았는데도, 온몸에 힘이 쪽 빠지게 하는 키스를 해줄 사람 하나 없고, 생일 케이크에 샹티이[14] 크림으로 사랑한다는 말을 써서 보내 줄 사람이 하나 없다니.

그래도, 『노름꾼』은 내 손이 미치는 곳에 있었고, 그 안에는 밑줄 긋는 남자가 숨어 있었다. 밑줄 긋는 남자는 같은 층에 사는 이웃집 남자일 수도 있고, 프랑스 대통령일 수도 있었다. 그는 적절한 문장에 밑줄을 그어 내 마음을 따뜻하게 해주려는 갸륵한 생각을 갖고 있을지도 모를 일이었다. 그러나, 고쳐 생각해 보면 그건 터무니없는 기대였다. 그날이 내 생일인 것조차 모르고, 내가 외롭고 개집의 강아지처럼 쓸쓸하다는 것도 모르는 사람이 그런 가상한 뜻을 품을 리 만무했다. 그래도 나는 『노름꾼』을 펼쳤다. 펼치기는 했으되, 제대로 읽을 수가 없었다. 좌에서 우로, 우에서 좌로 단순히 안구 운동을 하고 있을 뿐이었다. 나는 무엇을 읽었는지도 모르는 채, 그럼에도 마치 아무 일도 없다는 듯이 태연하게, 131페이지에 다다랐다.

이제 나는 사고무친의 외돌토리가 되었다.

14 휘저어서 거품을 우려낸 크림.

그렇다면, 내 형편이 그 사람보다 한결 나은 셈이었다. 그가 대체 무엇을 원하는 건지 의아하기 짝이 없었다. 자기 처지를 당당히 내세우기 어려운 독신자들을 모아 상조 단체라도 만들겠다는 것인가? 사고무친의 외돌토리면, 나보고 어쩌란 말인가? 그게 나하고 무슨 상관이 있단 말인가? 나는 그 사람을 몰랐고, 그 사람이 내게서 기대할 것은 아무것도 없었다. 정말이지 아무것도 없었다. 나는 따끈한 우유를 한 잔 마시고 독서를 계속했다. 아니, 독서를 했다기보다 연필 자국을 다시 발견할 때까지 책장을 넘겼다.

언뜻 보기에 어리석고 황당하기 짝이 없는 생각이라도 그것이 마음속에 너무 단단하게 뿌리를 내리면, 마침내 그것을 현실적인 일로 믿어 버리는 경우가 가끔 있다. 더욱이 그런 생각이 강렬한 욕망과 결부되어 있을 때는, 그것을 결국 숙명적이고 불가피하고 미리 정해진 것, 존재하지 않을 수 없고 일어나지 않을 수 없는 일로 받아들이게 된다. 그렇게 되기까지는, 아마도 욕망 이상의 어떤 것, 즉 몇몇 예감의 결합, 비상한 의지력, 상상 때문에 생긴 자기 도취 따위도 한몫을 할 것이다.

거기부터는 밑줄이 더 이상 보이지 않았다. 부록 부분인 마지막 페이지에 이르러서야, 〈이제부턴 오로지 당신뿐입니다〉라는 말에 테두리를 쳐놓은 것이 보였다. 나는 약간의 죄의식을 느끼며 『노름꾼』을 덮었다. 알렉세이 이바노비치의 이야기에는 전혀 마음을 쏟지 않고, 그저 익명의 밑줄에만 관심을 가짐으로써 뭔가 떳떳치 못한 짓을 했다는 느낌이 들었다. 나 자신은 물론이고, 도스토옙스키, 소설 속의 화자, 밑줄 치는 남자 등 모두를 기만했다는 느낌에 가슴 한구석이 켕겼다. 나는 침대 다리께 융단 위에 책을 내려놓았다가 이내 다시 집어 들고 마지막 페이지를 살펴보았다. 밑줄 긋는 남자는 내가 고독하고 곁에 누군가를 필요로 하고 있다는 사실을 알고 있는 것만 같았다.

그는 〈로제 니미에,[15] 『이방(異邦)의 여인』〉이라고 써놓았다. 이번엔 꽤 반듯하고 차분하고 흐트러짐이 없으며 감정의 노출을 절제한 글씨체였다. 시각이 6시였으므로 어머니와 만나기로 한 레스토랑으로 가기 전에 도서관에 들러도 시간이 넉넉했다.

15 Roger Nimier(1925~1962). 프랑스의 소설가. 잃어버린 이상과 절망적인 현실을 차갑게 묘사하여 전후의 젊은 세대를 대변했다는 평가를 받았다. 대표작으로 『푸른 옷의 경기병』(1950), 『어떤 사랑 이야기』(1953), 『이방의 여인』(1968, 사후 출간).

8

지젤은 미소를 지으며 나를 맞았다. 그녀가 이제껏 내게 보여 준 것 중에서 가장 매력적인 미소였다. 『노름꾼』을 내밀자 지젤은 마지막 페이지에 적힌 말에는 조금도 신경을 쓰지 않고 명함지 카드에 곧바로 날짜 도장을 찍었다. 전에 딱 한 번 주의를 주고 나더니 이젠 나를 믿는 눈치였다. 이유는 알 수 없었지만, 지젤은 내가 같은 말을 수없이 되풀이해야 말귀를 알아듣는 그런 사람이 아니라고 생각하고 있는 게 분명했다.

「니미에 어딨어요?」

나는 그녀에게 은근한 목소리로 물었다. 마치 나의 교제를 도와줄 유일한 공범은 지젤일 수밖에 없다는 듯한 말투였다. 지젤은 나직하게 〈N〉 소리를 내면서 집게손가락으로 그 칸을 가리켰다. 누군가가 그 책을 잘못 꽂아 둔 탓에 그 책을 찾는 데 약간의 어려움이 있었다. 『이방의 여인』은 N 칸에 있지 않고 M 칸에 있었다. 나는 출납대에 그 책을 신고하고, 밑줄 긋는 남자에 대해 더 많은 것을 알게 된다는 생각에 무척 상기된 채 집으로 돌아왔다.

어머니가 거실에서 나를 기다리고 있었다 ── 내가 뭐든지 잃어버리기를 잘하기 때문에, 어머니는 내 아파트 열쇠를 복제해서 지니고 있었다. 우리는 레스토랑으로 향했다. 레스토랑은 걸어서 갈 만한 거리에 있었다.

집에 돌아왔을 때는 자정이 다 되어 있었다. 나는 옷을 반만 벗고 깃이불 밑으로 들어가서 ── 생일이니까 뭐든 내 마음대로 할 권리가 있었다 ── 니미에의 소설을 보았다. 조명이 이중으로 이루어지고 있었다. 제도용 전등의 전구에서 나오는 약한 빛과 교차로 쪽 창문을 통해 들어오는 두 개의 가로등 불빛이 어우러졌다. 그러한 조명이 신비감을 더해 주고 있었다. 공원이나 카페테라스에서 빛을 담뿍 받으며 읽었다면, 아마 그 책에 대한 느낌이 그렇게 이채롭거나 각별하지 않았을 터이다. 내 시선이 돌연 샛길로 빠져 버렸다. 틈입자의 도래를 알리는 경보기처럼 전화기가 아주 큰 소리로 울리기 시작했다. 두 번째 벨이 울릴 때, 팔을 뻗어 송수화기를 들었다. 아무도 아니었다. 나는 별다른 의심

없이 송수화기를 다시 내려놓았다. 배를 깔고 엎드려 베개를 팔 위에 얹고 오른손에 책을 잡았다. 그런 자세로 슬며시 잠이 들었다 — 저녁때 포도주를 마셔 두었던 것도 그렇게 잠들기 위함이었다.

커튼을 내려 두지 않았던 탓에, 빛살이 들어오고 동시에 신경질적인 운전자들이 경적을 거푸 울려 대는 소리에 잠이 깼다. 나는 침대에서 몸을 돌려 내 손가락들이 책에서 떨어져 있지 않음을 확인했다.

놀랍게도, 소설 속 이방의 여인도 나처럼 10월 생이었다.

하늘에서 떨어진 듯한 그 귀여운 아가씨를 상상해 보세요. 이상한 나라에 온 저 앨리스를 말이에요.

그리고 한참을 더 가서,

남에게 가르쳐 줄 만한 새로운 것을 갖고 있고, 그 새로운 것을 가르쳐 주는 데서 행복과 평온을 찾는 사람들의 숨 가쁜 미소. 그 아가씨는 곧잘 그런 표정을 짓곤 했지요.

도대체 어떤 표정을 말하는 걸까? 이해할 수가 없었

다. 하지만 분명히 이해할 수 있는 것이 있긴 했다. 밑줄 긋는 남자의 모든 메시지는 나 아닌 다른 여자를 겨냥하고 있다는 사실이었다. 그건 전혀 내 마음에 들지 않았다. 나는 누군지 모를 어떤 남자가 어떤 아가씨 또는 뭔지 모를 어떤 것에게 보내는 통신을 우연히 접했던 것일 뿐이었다. 그 후로, 그 남자와 〈곧잘 그런 표정을〉이라는 아가씨는 결혼을 해서 애를 많이 낳고 행복하게 살았답니다 운운하는 얘기에 어쭙잖게 끼어든 셈이었다. 나는 그들과 전혀 상관이 없었고, 그들과 함께 할 일은 더 더욱 없었다. 비록 책 한 권과 또 다른 책 1/4권을 읽을 동안이기는 하지만 그 얼빠진 장난에 끼어든 것이 갑자기 후회스러워져서, 나는 책을 덮고 방바닥에 내려놓았다.

나는 목욕물을 틀어 놓고 거울을 보면서 유치원 때 배운 무엇인가를 나직하게 읊조렸다. 〈멜-시오르와 발-타-자르가 가스-파르 왕과 함께 아프-리카를 떠-났네.〉 뺨 위로 눈물이 흘렀다. 슬픔에 복받친 내 흐느낌이 욕조에서 물이 흘러내리는 소리에 파묻혔다. 나는 이마를 거울에 대고 — 입이 비틀리고 눈썹이 서로 다가드는 모습을 더 가까이서 보려고 그랬을 것이다 — 내가 아는 모든 상소리를 여러 번씩 되뇌었다. 그런 다

음 뒤로 물러나 나 보란 듯이 허리에 손을 얹었다. 배에
는 군살이 없었고, 몸의 곡선은 아주 뚜렷한 편이었으
며, 가슴도 아직은 탱탱했다. 그러나 그런 게 다 무슨
소용이랴. 그 위에 손을 얹어 줄 사람 하나 없으니, 그
것은 아무짝에도 쓸모가 없었다.

둘이 사는 삶에 행복한 게 있다면, 그건 메아리가 있
다는 점이리라. 메아리를 찾아 산으로 가는 게 하나의
해결책이 될지도 모른다는 생각이 들었다. 알프뒤에[16]
에서 한 시간 거리에 남자 친구 하나가 살고 있기는 했
다. 하지만 그가 혼자 살고 있다는 점이 부담스러웠다.
두 개의 고독이 서로를 바라보는 것은 너무 비장하다.
눈이라도 볼 수 있다면 또 모르겠는데, 때가 10월인지
라 빙하에나 가야 눈을 볼 수 있을 것 같았다. 게다가
내 성수(星數)는 썩 좋은 편이 아니라서, 엉뚱한 짓을 함
부로 해서는 안 되었다. 나는 약상자에서 수면제 〈렉소
밀〉을 한 알 꺼내 먹고 다시 자리에 누웠다. 그런 경우
에 잘못을 되도록 안 저지르려면, 역시 잠자는 게 상책
이고, 그러고 나면 운 좋게 모든 걸 잊어버릴 수도 있다.

나는 끔찍한 악몽에 시달렸다. 내가 타고 있던 버스

16 Alpe-d'Huez. 프랑스 남동부의 이제르 지방에 있는 겨울 스포츠
기지.

가 엉뚱하게도 폭풍우 몰아치는 난바다에 처박혀 있었다. 앞다리를 들고 일어서는 말처럼 버스가 요동치는 바람에, 앞에서 뒤로, 뒤에서 앞으로 튕겨 나가기를 끊임없이 되풀이하다가 땀에 흠뻑 젖은 채 잠에서 깨어났다. 〈렉소밀〉이 별로 효험이 없었다. 무슨 일로든 하루 일과를 시작해야겠다는 생각에서, 나는 담배를 피우고 구운 식빵을 한 조각 먹었다. 조금 정신이 맑아지자, 옷을 입고 니미에의 소설을 반납하러 갔다. 마음을 끄는 책이 더 이상 없어서, 다른 책은 아무것도 가져오지 않았다. 돌아오는 길에 가판대 앞에 멈춰서, 막대 초콜릿과 『파리스코프』[17]를 샀다. 별다른 뜻이 있어서가 아니라 그냥 그렇게 해본 것이다. 문을 열고 아파트 안에 들어서니, 벽의 빨강, 노랑, 파랑 빛깔이 새삼스레 너무 자극적이라는 느낌이 들었다. 어쩌자고 가장 강렬한 빛깔들을 골라 벽을 칠했는지 알다가도 모를 일이었다. 기분을 명랑하게 만들려고 그랬던가?

나는 『파리스코프』를 펼쳐 보지도 않았다. 그걸 보고 나면, 틀림없이 뭔가 할 만한 일이 생길 터이지만, 나에게 필요했던 것은 누군가가 나를 보살펴 주고 웃겨 주고 껴안아 주는 일이었다. 사랑이 없으면 난 아무

17 *Pariscope*. 영화-연극 공연, 전시회, 음악회 등을 안내하는 주간지.

런 가치도 없었다. 사랑을 통해 스스로가 살아 있음을 느낀다는 것은 얼마나 행복한 일이랴.

사랑을 구하기 위해 내가 할 수 있는 일이 전혀 없지는 않았다. 저녁 7시 반이나 8시쯤, 동네 모퉁이 슈퍼마켓에 독신 남자들이 맥주 상자나 진공 포장 칠리 콘 카르네[18]를 사러 몰려들 때, 그들 중 하나를 붙잡고 내 물건들을 집까지 들어다 달라고 부탁할 수도 있었고, 맥주 판매 코너에 얌전히 서 있다가, 흔히 보는 얼굴의 뚱뚱한 사내가 다가와 〈보아하니 아가씨는 크로낭부르냐 하이네켄이냐를 놓고 망설이고 있군요. 그렇지요?〉라고 말을 걸 때까지 기다릴 수도 있었다. 아니면, 옛 애인 중에서 안 만난 지가 가장 덜 오래된 남자에게 다시 전화를 거는 방법이 있었다. 그것은 전화번호만 누르면 되는 간단한 일이었다. 따지고 보면, 선택의 폭은 그리 넓지 않았다. 사실, 나는 이렇다 할 사회 활동이나 문화 활동을 하고 있지 않으며, 대학을 다니고 있는 것도 아니고, 하다못해 테니스 같은 것도 하지 않았다. 나는 주소와 전화번호가 적혀 있는 수첩을 꺼냈다.

18 chili con carne. 스페인어로 〈칠레 고추를 넣은 고기〉라는 뜻. 칠레 고추·고기·양파·실고추 등을 넣고 끓인 뒤 콩을 곁들여 먹는 멕시코풍의 대중적인 요리.

아무 짓이나 함부로 하고 있다는 자책과 함께 삼가야 한다는 생각이 잠시 일었다. 다행히 그 옛 남자의 집에는 전화를 받는 사람이 없었다.

나는 한동안 창가에 머물면서, 돌아다니는 개들, 커다란 책가방을 메고 하교하는 아이들, 넥타이를 맨 정장 차림의 남자들, 주차장을 찾아 끊임없이 오고 가는 자동차들을 내려다보았다. 거리 구경에 싫증이 나자, 나는 욕실로 들어가서 내 화장품들을 꼼꼼히 조사했다. 마스카라 세 개, 립스틱 여섯 개, 눈썹연필 두 개, 싸구려 블러셔가 똑같은 것으로 세 개, 파운데이션 견본품 두 개. 그날따라 눈 밑에 처진 살이 도드라져 보였다. 〈잘된 일이야. 이렇게 까칠하고 못생긴 얼굴을 누구에게 보여 주겠어? 남자가 없는 게 백번 낫고말고.〉 7시경에 전화벨이 울렸다.

「나 쥐디트야. 네가 할 만한 조그마한 일거리가 하나 생겼어. 『세계의 땅』이라는 잡지의 편집장이 자유 기고가를 한 사람 찾고 있기에, 네 전화번호를 알려 줬어. 그 사람이 곧 전화할 거야.」

「난 자유 기고가가 아니잖아.」

「상관없어. 어떤 설문 조사 때문에 그러는 거야. 너는 그저 사람들에게 전화해서 질문을 한 다음, 그들의 대답을 적기만 하면 돼. 사실은 내가 하기로 되어 있던 일이었어. 생각날 거야, 지난달에 내가 얘기했잖아. 인생의 의미에 관한 설문 조사가 있다고 말이야.」

「그래.」

「물론, 꼭 받아들이라는 건 아니야. 하지만 네가 아직 일거리를 찾고 있을 것 같아서 전화한 거야. 보수도 괜찮아.」

「하지 뭐. 그 사람이 언제 전화할 거지?」

「내일 아침에.」

전화를 끊고 난 뒤, 나는 찬장 문을 열었다간 이내 닫고 또 다른 문을 열면서 부엌을 한 바퀴 뱅 돌았다. 남이 보았다면, 내가 무엇인가를 열심히 찾고 있다고 생각했으리라.

문득 어떤 생각이 머리를 스쳤다. 혹시라도 그 〈곧잘 그런 표정을〉이라는 아가씨가 나를 가리키는 것이라면? 어쩌면 내가 잘못 읽었을지도 모르고, 꾹 참고 밑줄이 쳐진 다른 구절들을 읽었더라면, 제대로 이해했을지도 모른다. 내가 참을성이 없어서 모든 걸 물거품으로 만들고 있는 게 아닐까?

나는 벽에서 로맹 가리의 사진을 떼어 내어 침대 옆에 있는 검은 합판 탁자 위에 놓았다. 하늘나라에서 그

는 모든 것을 보고 모든 것을 이해해 줄 것이다. 하지
만 그가 나를 도와줄 수는 없었다. 아무도 나를 도울
수는 없었다. 밤 11시였기 때문에 나는 다음 날 아침까
지 조바심을 내며 기다려야 했다. 도서관은 이미 오래
전에 문을 닫았을 터였다. 나는 밤 11시의 도서관 모습
을 상상해 보았다. 창문의 모습이 생각나지 않았지만,
어쩌면 창문을 기어 넘어 안으로 들어갈 수도 있을 것
같았다. 자동차나 보석을 지키듯이 책을 지키지는 않
을 테니까, 경보기는 틀림없이 없을 거라는 생각이 들
었다.

　느닷없고 무모한 결정이었다. 나는 헐렁한 외투를
걸치고 나가 도서관으로 향했다. 보조를 일정하게 하
면 3분 만에 닿을 수 있는 거리였다. 거리엔 인적이 완
전히 끊겼고, 옆의 대로를 전속력으로 질주하는 자동
차들의 쏴쏴 하는 이상한 소리만이 정적을 깨고 있었
다. 그 소리가 바닷물의 밀고 써는 소리와 비슷한 데다
공기까지 축축해서, 눈을 감고 있으면 바닷가에 와 있
다는 착각이 들 만했다. 그러나 어떤 자동차의 전조등
이 켜지고 엔진이 크르릉거리기 시작하면서 내 꿈은
홀연히 스러졌다. 가던 길 끝에서 왼쪽으로 돌아 대로
로 접어들었다. 그런 다음, 광장에서 오른쪽 길로 가다

가 다시 왼쪽 길로 들어섰다. 드디어 건물이 나타났다.

메닐 센터, 일명 자크 프레베르 도서관. 4층짜리 현대식 건물. 맞은편 보도에 있는 가로등의 지저분한 빛 때문인지, 건물의 잿빛이 추하고 을씨년스러워 보였다. 매력이라곤 어디에서도 찾아볼 수 없는 네모반듯한 콘크리트 건물. 유리와 금속으로 된 긴 네모꼴 문은 안으로 들어갈 엄두를 못 내게 했다. 그렇다면, 창문은 어떤가? 1층에는 창문이 없었다. 기어 올라가기가 불가능했다. 사다리가 있으면 몰라도, 그러지 않고서는 2층에 올라갈 수가 없었다. 이런 시간에 어디 가서 사다리를 구한담? 파니한테 나무 의자를 가져오라고 부탁할까? 하지만, 파니는 루카에게 옛날이야기를 들려주고 나서, 오래전에 잠자리에 들었을 게 틀림없었다.

나는 뜀박질을 하며 집으로 돌아온 후, 다음 날 도서관 문을 여는 대로 니미에 소설을 다시 가지러 가리라고 단단히 벼르면서 자리에 누웠다.

9

　지젤은 전시회 포스터를 벽에 붙이고 있었다. 탕플롱
화랑에서 여는 「화필을 든 문필가」라는 이름의 전시회
였다. 포스터 삽화로 화가의 그림 한 점이 들어가 있는
데, 「봐, 사랑이란 이런 거야」라는 제목이 붙어 있었다.

「저 포스터 누가 준 거예요?」

「자주 오는 어떤 사람이요.」

「남잔가요?」

「예, 남자예요.」

「어떻게 생긴 남자죠?」

「지금 취조하는 거예요?」

　지젤은 미소를 지을 듯 말 듯하며 물었다.

「아니에요. 제가 워낙 호기심이 많은 사람이라서요.」

「그렇군요. 그 사람 여기 단골이에요. 이 동네 사람이
틀림없어요. 빌려 간 책을 아주 빨리 읽어 치우죠. 그

사람도 호기심이 많아요. 책 욕심이 대단하지요.」

「나이는요?」

「이런, 내게 너무 많은 걸 요구하는군요. 난 사람들 나이 가늠하는 데는 아주 손방이에요.」

「그래도 대충은 알 수 있잖아요. 스물다섯, 마흔, 여든?」

「마흔다섯에서 예순 사이예요.」

나는 자리를 뜨지 않고, 점착테이프 감개를 들고 있는 지젤의 모습을 물끄러미 바라보았다. 비록 아주 간접적인 역할을 하고 있을 뿐이지만, 그녀가 마치 내 세계의 중심인 듯한 생각이 들었다. 말하자면, 지젤은 두 궤도의 교차점으로서, 2차 대전 중에 레지스탕스 대원들의 파발 구실을 했던 퐁프가(街)의 우체통이나 모리용가(街)나 3프랑 65상팀짜리 12번 버스 같은 역할을 하고 있었다. 지젤이 포스터를 다 붙이고 나자, 나는 니미에의 그 소설을 다시 부탁했다. 다행히 아무도 그 책을 빌려 가지 않았다.

「자, 여기 있어요. 오늘부터 3주 동안 갖고 있어도 돼요.」

니미에 책을 가방에 넣고 지젤에게 고맙다고 말했다. 도서관을 나오는 결에 그 화랑의 주소를 언뜻 봐두었다. 82번 버스를 타고 다섯 정류장을 가면 될 듯했다. 화랑에 다다라 보니 아직 그림이 걸려 있지 않았고, 고객을 맞이하는 아가씨만 한 명 있을 뿐 활기가 전혀 없었다. 스톡홀름 현대 미술관에 몇 작품이 묶여 있어서 전시회가 시작되려면 일주일은 걸릴 거라고 아가씨가 설명했다. 그런 건 내가 알 바 아니었다. 나는 집으로 돌아왔다. 파니에게 전화를 걸어 그동안 있었던 일의 자초지종을 들려주었다.

「네가 말한 그 어떤 사람 말이야, 그 사람이 널 조종하고 있어.」

「아니야.」

「맞아, 틀림없어. 네가 화랑에 갔다는 사실이 바로 그 사람이 벌써 너를 지배하고 있음을 보여 주는 거야. 그건 위험해. 네가 그 사람에 대해서 아는 게 하나도 없기 때문이야.」

「정신 바짝 차릴 테니까 안심해.」

「네가 아는 사람 짓이 아닌 건 확실하니?」

「그럼.」

「그런 얘기는 듣던 중 처음이야. 귀추가 자못 궁금해지는걸.」

「그래, 앞으로도 얘기해 줄게.」

나는 조심하겠다는 약속을 하고 전화를 끊었다.

가방에서 니미에 소설을 꺼내고 길게 누운 다음, 온기를 잃지 않기 위해 당나귀 레옹을 바짝 끌어당기고 책장을 넘기기 시작했다. 그런데, 이게 어찌된 일인가. 나는 내 눈을 의심하지 않을 수 없었다. 19페이지에, 지난번에 읽을 땐 전혀 눈에 띄지 않았던 밑줄이 그어져 있었다.

당신은 왜 계속하지 않습니까? 그는 숫기가 없어서, 끝내 소심함을 버리지 못할 것입니다. 그러한 점 때문에 당신이 책에서 손을 떼고 있는지도 모르겠습니다.

그리고 32페이지에는, 〈그 소심함과 대담함의 무게는 여전히 변함이 없다〉라는 문장에, 42페이지에는, 〈나는 그녀를 소유하기 전에도 그녀가 내 연인이 되리라는 것을 알고 있었다〉라는 구절에 밑줄이 있었다.

그렇게 많은 밑줄이 지난번엔 어떻게 눈에 띄지 않고 넘어갈 수 있었을까?

나는 연필로 찍은 아주 작은 점 하나에도 신경을 쓰면서 계속 주의 깊게 소설을 읽어 나갔다. 사소한 점 하나에도 밑줄 긋는 남자의 망설임이 배어 있을 수 있었다. 문제의 44페이지를 넘겼다. 〈곧잘 그런 표정〉을 들먹여서 나를 실수의 구렁으로 밀어 넣었던 그 고약한 페이지였다. 지난번엔 그토록 혐오스럽던 책이 이번엔 아주 마음에 들었다.

그 여자는 나의 영원한 사랑, 나의 가장 소중한 여인이 될 것이다.
방금 전에 나는 당신을 다시 보았습니다. 당신의 머리카락이 어둠을 가득 품은 불너울처럼 당신을 휘감고 있더군요. 나는 가까스로 당신을 알아보았지만, 당신의 체취는 아주 잘 맡을 수 있었습니다. 당신은 어쩌면 지붕 위로 돌아다니던 요정이 아니었을는지요.

여주인공이 미국으로 떠나고 난 뒤에, 나는 잠자던 관능이 되살아옴을 느끼며 책을 덮었다. 종잇결이 살결인 양, 책이 펼쳐지는 것이 팔을 벌리는 것인 양 느껴졌다. 겉으로 보기엔 딱딱한 표지에 싸인 책이지만, 만져 보면 보드랍고, 시골집의 낡은 장롱 서랍 안에서 나는 냄새처럼 아주 독특한 향기를 지니고 있었다. 마지막 페이지를 들춰 보니, 연필로 이런 말이 적혀 있었다.

<『프티 로베르』 사전, 126페이지, 위에서 세 번째 단어.>

　나는 무척 흥분된 마음으로 내가 찾을 단어의 성격
을 섣부르게 예단하면서, 『로베르』를 찾으려고 벽장을
연 다음, 대학 때 쓰던 낡은 서류철 더미 뒤를 뒤지기
시작했다. 마침내 그곳을 다 뒤져 보고 나서야, 나는 내
사전이 『로베르』가 아니라 『라루스』라는 사실을 뒤늦
게 깨닫고 허탈해 했다. 어머니 집에 살 때 『로베르』를
갖고 있었는데, 아쉽게도 그걸 내 아파트로 가져올 생
각을 못했다. 『로베르』는 어머니 집에 그대로 있거나
오빠가 가로채 갔을 것이다.

　도서관에는 틀림없이 그 사전이 있을 터였다. 어쨌든
니미에도 다 끝냈으니, 도서관에 갈 이유는 두 가지나
있는 셈이었다.

　126페이지 위에서 세 번째 단어는 〈아테스타시옹
attestation〉이었다.[19] 증거로써 사물을 밝히는 행위, 어
떤 사람이 어떤 일의 실상이나 존재를 증언하는 행위.
　참고말 확인, 보증, 언명, 증언, 증거, 징표.

---

　19 당연한 얘기지만, 『프티 로베르』 126페이지, 위에서 세 번째 단어
가 무엇이냐는 몇 년도 판을 보느냐에 따라 다르다. 이 경우는 1973년
이전 판.

무엇을 증명한다는 걸까? 존재를? 분명히 그는 존재하고 있었다. 연필로 그은 그 밑줄들이 모두 꿈일 리는 없었다. 나는 사전을 〈즉석 참조용 사전류〉라고 씌어 있는 제자리에 갖다 놓았다. 언명, 증언, 증거, 징표 등과 같은 단어들을 되뇌면서. 문득 밑줄 긋는 남자가 바로 거기, 도서관 안, 만화책들과 철학책들 사이에 숨어 있을지도 모른다는 생각이 들었다. 나는 화닥닥 주위를 둘러보았다. 사람이 스무 명쯤 있었지만 나에게 마음을 쓰고 있는 사람은 한 사람도 없어 보였다. 그 사람이 계속 뜸을 들여 가며 내가 좀 더 참고 기다리기를 바라고 있었다면, 그는 어리석은 사람이었다. 나는 질질 끄는 이야기라면 아주 질색을 하는 사람이 아니던가.

도서관을 나가려는데, 중키에 서른 살쯤 되어 보이는 웬 남자가 노랑과 빨강이 어우러진 우산을 들고 들어오는 모습이 보였다. 내가 그 남자를 쳐다보니까, 그도 나를 같이 바라보고는 확신에 찬 태도로 나에게 다가왔다. 〈우리 서로 아는 사이던가요?〉라고 그가 물었다. 밑줄 긋는 남자였다면 그렇게 진부한 표현을 골라 쓰지도 않았을 것이고, 그렇게 천박한 억양을 갖고 있지도 않았을 것이다. 그래, 그 사람이라면 그렇지 않았을 것이다. 그러면 나에게 머리 숙여 인사를 한 다음,

〈아가씨〉 하는 말로 시작했을 것이다. 그는 맑은 시선과 솔직한 태도로 함께 가자고 권했을 것이고, 내가 그를 따라감으로써 우리는 나란히 걸었으리라. 그 다음에 어떤 일이 일어났을지는 잘 모르겠지만.

나는 그 우산 주인에게 아니라고 대답하고 집으로 돌아왔다. 집으로 걸어오는 동안 나는 거리에 있는 모든 남자들을 바라보았다. 저 사람이야, 저 사람은 아니야, 저 사람이야, 저 사람은 아니야. 문득 영화 「로슈포르의 아가씨들」의 마지막 장면에서 랑시앵이 델핀에게 한 짤막한 대사가 생각났다. 〈그는 파리에 있어요. 그리고 그 시인 말마따나 당신들처럼 서로 열렬히 사랑하는 사람들에게 파리는 아주 작지요.〉 대로를 걷다가도 서로 만나는 수가 있었을 텐데, 그렇지 않았던 걸 보면, 나의 밑줄 긋는 남자는 다른 곳에서 오전 시간을 보내고 있는 게 분명했다. 어디일까? 그의 집에서, 책을 앞에 두고…… 도중에 나는 제비꽃 한 다발을 사고는, 그 남자에게서 꽃을 선물로 받았다고 생각했다. 나는 오후 내내 꽃 냄새를 맡았고, 꽃병을 세 번 바꿔 주었으며, 꽃이 오래가도록 물에 아스피린 정제를 한 알 넣어 주기도 했다.

꽃이란, 그토록 연약한 것이다.

나는 또 여자 친구들에게 일일이 전화를 걸어, 〈증명〉하면 떠오르는 게 뭐냐고 물어보았다. 파니는 〈보증〉이라고 대답했고, 타니아는 아무것도 없다고 했으며, 쥐디트는 유추 사전을 찾아서 나에게 빌려주겠다고 약속했다. 그런 질문에 답해 줄 사람으로는 당연히 정신분석학자가 가장 좋은데, 내 상담 의사나 다름없는 미슈 아저씨는 자동 응답기를 연결해 놓고 있었다. 그는 여자랑 함께 있는 게 분명했다. 어머니는 사흘 예정으로 바다로 떠났는데, 연락할 길이 없었다. 나는 의붓어머니에게는 전화를 걸지 않았다. 새어머니들에게는 질문을 삼가는 게 좋다. 그이들은 질문 받은 것을 잊지 않고 있다가 나중에 거꾸로 질문을 퍼부어 올 것이기 때문이다.

조급하게 굴지 말자고 스스로를 달래면서 나는 하이파이 오디오를 켰다. 재킷에 빨강과 파랑이 섞인 음반을 골랐다. 가랑이가 땅에 닿도록 두 다리를 쭉 뻗고 있는 상밀 볼트의 사진이 들어 있었다. 샤를부아의 노래 「천사의 날개」, 「검은 피아노」, 「린드버그」가 나오고, 카브렐의 「귀여운 마리」와 베코의 「그대가 춤출 때」가 뒤를 잇고 있었다. 나는 볼륨을 높이고 미친 듯이 춤을 추기 시작했다. 땀을 너무 많이 흘려서 샤워를 해야 할 충분한 빌미가 생길 때까지 춤을 추웠다.

나는 먹을 것을 만든 다음, 청홍백이 어우러진 도기
접시를 들고 낡은 신문지 더미 위에 앉아서 〈증명〉에
대해 생각했다. 내가 미처 생각하지 못한 일이 있었다.
나는 사전의 권고를 따르지 않았고, 호기심을 북돋워
확언·보증·언명 같은 단어들의 정의를 살펴보는 데까
지는 이르지 못했다.

〈즉석 참고용 사전류〉 칸에 있던 『로베르』에 생각이
미쳤다. 도서관 밖으로 나간 적도 없고, 어느 누구도
빌려 간 적이 없는 책. 시작도 없고 끝도 없는 책. 상호
독립적인 조각조각의 설명들을 모아 놓은 것일 뿐인
잡동사니. 그렇다면, 그 사전은 우리의 숨바꼭질이 끝
났음을 시사하는 것이 아닐까?

10

이튿날, 나는 도서관에 다시 가서 『로베르』의 마지막 페이지를 살펴보았다. 백지, 순결함을 온전히 간직한 백지 상태였다. 연필로 써놓은 글귀 하나 없었고, 바둑판처럼 줄이 쳐진 명함지 카드조차 없었다. 나는 사전을 제자리에 갖다 놓았다. 바로 그때 나는 아주 기분 나쁜 일을 목격했다. 숱이 많은 살굿빛 머리채를 어깨 앞쪽으로 소담스럽게 늘어뜨린, 열다섯쯤 되어 보이는 여자애가 『노름꾼』을 손에 들고 있지 않은가. 나는 그쪽으로 후닥닥 달려가서 그 책을 잠깐 볼 수 있겠느냐고 물었다. 여자애는 내 부탁 때문에 약간 놀란 눈을 하고, 책을 싹싹하게 내밀었다. 나는 책을 들고 지하의 음반 보관실, 〈세계의 음악〉 칸 뒤로 달아났다. 나는 석상처럼 꼼짝 않고 서서 15분을 족히 기다렸다.

다시 올라와 보니 여자애는 거기에 없었다.

있을 수 없는 일이었다. 나 아닌 다른 여자가 우리 일에 끼어들다니. 그런 일이 생기도록 내버려 둘 수는 없었다. 난 너무 편협하고 강샘이 많고 독점욕이 강하다. 나는 폴리냐크의 소설과 사전이 있는 줄로 가서 그것들을 꺼내고, 내 가방에서 니미에의 소설을 꺼냈다. 그런 다음, 지젤에게 지우개를 달라고 한 후, 열람실 소파 가운데 출납대를 등지고 있는 것 하나를 골라 앉았다. 난 누군가와 경쟁하는 상황, 특히 나보다 아름다운 여자들과 경쟁하는 상황이 싫다.

나는 모든 걸 철저하게 지워 버렸다. 그런 다음, 『로베르』와 『노름꾼』과 폴리냐크는 제자리에 갖다 놓고, 니미에는 지젤에게 반납했다. 지젤은 칸막이가 있는 작은 철제 캐비닛들 중 하나에서 내 카드를 꺼내 돌려주었다. 이제 내 카드 세 장이 모두 가방 안에 있었다. 다시 원점으로 돌아온 것이다. 밑줄 긋는 남자는 게임을 중단해 놓고 있었다. 이젠 내 차례였다. 내가 바통을 이어받아야 했다.

게임이 뭐 별거냐 하는 생각이 들었다. 내가 행동할 수 있는 방법은 아주 많을 것 같았다. 물론 더 좋은 방법이 있고 그보다 못한 방법이 있을 수 있었다. 나는 어떤 게 좋은 방법인지 알고 싶었다. 어쨌든 무대는 도서관일 수밖에 없었다. 나는 집으로 돌아와서 잡지 두 권을 훑어보고 열두 권짜리 백과사전 중에 집히는 대로 하나를 골라 뒤적거렸다. 그러다 보면 뭔가 좋은 생각이라도 떠오르지 않을까 해서였다. 나는 꽃을 생각해 냈다. 초콜릿 따위는 너무 유치하니까, 빨간 장미 일곱 송이를 화랑에 갖다 놓자는 생각이었다. 남자에게 빨간 장미 일곱 송이를? 그건 고백치고는 너무 거창하다. 사람들은 그렇게 거창하고 무모하게 사랑을 고백하지 않는다. 나는 궁리에 궁리를 거듭하다 마침내 한 가지 방안을 생각해 냈다.

나는 집에서 50미터쯤 떨어진 〈황태자 문방구〉에 내려갔다. 어떤 연필을 고를까? 심이 무른 것, 심이 굳은 것, 중간 것? 나는 벌여 놓은 연필들을 찬찬히 살펴보며 잠시 뜸을 들였다. 대에 입힌 바니시의 색깔도 갖가지여서 주황이 있는가 하면, 초록, 노랑, 빨강도 있었다. 절단면이 한결같이 매끄러운 연필들이 판지 갑 하나에 50개씩 아주 가지런히 들어 있었다. 연필도 그렇게 많고, 도서관의 책도 그토록 많으니, 밑줄의 모습도 그만큼 다양할 수 있을 듯했다. 나는 주황색 니스를 입힌 HB심 연필을 골랐다. 그리고 실수가 생길 것에 대비하여 지우개도 하나 샀다. 지하철 표만 한 크기의 하얀 〈슈테틀러〉 지우개였다. 5프랑 80상팀을 지불하고 메닐 센터로 달려갔다. 나는 내가 가장 좋아하는 작가의 많은 소설들을 앞에 두고 잠시 머뭇거렸다. 내가 읽은 책 중에서 골라야 하는데, 어느 걸 고르지? 『솔로몬 왕의 고뇌』? 『자기 앞의 생』? 『그로칼랭』?[20] 나는 『그로칼랭』을 살며시 집어 들고, 도서관 화장실로 들어갔다. 화장실은 〈만화〉 칸과 마주보고 있는 계단 뒤에 있었다. 현행범으로 붙잡히면 안 되겠기에 거기에 숨어서 일을 벌이려는 것이었다. 나는 기다란 베개처럼 생긴 내 가방을 바닥에 내려놓고, 거기에서 연필을 꺼낸 다음, 특별히 내 마음에 들었던 구절들을 골라 밑줄을 치기 시작했다.

〈존재하지 않는 것일수록 더 크게만 느껴지고 온 공간을 차지하는 법이다.〉

〈사실, 나에겐 언제나 팔 두 개가 모자랐다. 내 팔 두 개가 있긴 하지만, 그것만으론 너무 허전하다. 내 몸통 둘레에 다른 팔 두 개가 더 있었으면 좋겠다.〉

20 Gros-Câlin. 로맹 가리가 에밀 아자르라는 필명으로 1974년에 발표한 작품. 우연한 기회에 아프리카에서 왕뱀 한 마리를 구한 독신 남자가 파리에서 그 뱀과 함께 겪는 일을 대단히 풍자적이고 익살스러운 필치로 그린 소설. 그로칼랭은 바로 그 왕뱀에게 독신 남자가 붙여 준 이름.

〈나는 애정 어린 포옹이 어쩌나 그리웠던지 하마터면 내 목을 조를 뻔했다.〉

〈나는 내 온기 결핍증이 언젠가는 치유될 수 있으리라고 생각한다. 그러나 그것은 아랍 사람들의 석유와는 관계없는 새로운 에너지원을 통해서 이루어질 것이다. 그리고 과학이 모든 문제를 해결해 줄 터이므로, 자신이 사랑받고 있다고 느끼고 싶으면 자기 몸을 전기 접속 장치에 연결하기만 하면 되는 그런 날도 언젠가는 오리라고 나는 생각한다.〉

87페이지 상단에 이르러, 나는 더 이상 참지 못하고, 〈당신은 누구세요〉라는 문장을 두 번 쓰고 가운데에 물음표를 찍었다. 그리고 나서 책을 제 줄에 도로 갖다 놓았다. 옆에 있는 다른 책들과 가지런히 줄이 맞도록 무척 신경을 써서 놓았다. 갑자기 책들이 무척 좋아지기 시작했다. 로맹 가리의 책들뿐만 아니라 모든 책들이 마음에 들었다. 책들이 모두 내 공범이 된 느낌이었다. 루카에겐 고추가 있듯이 나에겐 책이 있었다. 나는 책을 끔찍이도 소중하게 생각하는 사람이었기에, 예전 같으면 『그로칼랭』에 연필로 밑줄을 긋는 일 따위는 하지 않고, 얼굴에 숯 검댕을 묻힌 페이지들을 어루만지기만 했을 것이다. 하늘나라에서 로맹 가리가 나를 원망하지 않고 이해해 주기를 바랐다.

나는 지젤에게, 『그로칼랭』이 훌륭한 책이기 때문에, 포스터를 가져왔던 그 남자가 다시 오면 그 사람에게 그 책을 권하고 싶다고 말했다. 지젤은 가타부타 말이 없었다. 하지만 나는 그녀가 무슨 생각을 하는지 짐작할 수 있었다. 아마도 지젤은 어떤 음울한 얘기를 숨기고 있을 거라고 나는 생각했다. 말하자면 그 남자가 지독하게 못생겼거나 너무 지저분해서 지젤 나름대로는 나를 지켜 주겠다는 생각에서 아무 대꾸도 하지 않았을 것 같았다. 지젤은 친절하니까 자꾸 채근하면 무슨 얘기가 나오겠지만, 나는 그녀의 친절함을 남용하지 않고, 우유 한 잔을 마시러 가장 가까이에 있는 〈르 메닐〉 카페에 갔다.

마흔 살쯤 된 남자라면 나에게 알맞을 것 같았다. 대략 열다섯 살 차이가 나는데, 그것은 결국 이혼으로 끝난 경우이긴 하지만, 아버지와 어머니의 나이 차이와 똑같다. 나는 빨대로 우유를 마셨다. 그것은 어머니 배속에 있을 때의 자세를 취하는 것만큼이나 기분이 좋았다. 나는 6프랑을 지불하고 집으로 돌아왔다. 한마디로, 나는 집에 돌아오기 위해서 집 밖으로 나가는 일을 끊임없이 되풀이하고 있었다.

동화에 나오는 새들처럼, 날고 노래하고 말하는 새
가 하나 있었으면 좋겠다는 생각이 들었다. 그러면, 나
는 그 새에게, 〈그 사람을 찾아보렴. 그런 다음에, 그가
어떻게 생겼는지 말해 다오. 그가 너에게 무슨 말을 했
는지, 나를 생각하고 있는지도 알려 주렴〉 하고 말했을
것이다. 머리가 하얗고 솜털이 보송보송하며 비단처럼
부드러운 깃털에 하늘빛과 장밋빛이 섞인, 그런 새가
한 마리 있었으면 좋았을 것이다.

어린 시절로 완전히 되돌아가는 꿈 하나가 막 틀을
잡아 가려는데, 파니에게서 전화가 오는 바람에 그것
이 무산됐다.

「있잖아, 네가 들려준 이야기 때문에 간밤 내내 꿈을
꿨어. 그 사람이 〈기드 블뢰〉 여행 안내서를 보면서 이
탈리아의 로마, 피렌체, 베네치아에 있는 기념물 이름
들을 너에게 표시해 주었어. 너는 첫 비행기로 출발했
는데, 너는 스스로를 셜록 홈스라고 생각하고 있었어.
게다가 네 복장이 셜록 홈스와 똑같이, 튀드 천으로 된
소매 없는 외투에 캡을 쓰고 손엔 돋보기를 들고 있지
뭐니.」

「그래 결말은 어떻게 됐는데?」

「결국 너는 그게 속임수라는 걸 깨달았어. 그래서 위

안 삼아 연보랏빛 스웨이드[21] 무도화를 한 켤레 사고, 파리로 돌아왔어.」

「그거 개꿈이다, 애.」

「아참, 깜박 잊은 게 있어! 마지막으로 너는 5백 그램짜리 파가니[22] 국수 한 봉지를 샀는데, 그걸 템스강에 버리고 있더라고.」

「템스강이 이탈리아로 이민 갔나 보지?」

「물론 그건 런던에 있지. 하지만 꿈속에서 본 건 분명히 템스강이었어. 그게 이탈리아에 있더라고.」

그 말끝에 파니는 웃음을 터뜨렸다. 그게 내 마음을 언짢게 했다. 그 모든 일이 파가니 국수 5백 그램으로 끝나 버린다는 게 실망스럽기 그지없었다.

「그 사람 얼굴 봤어?」

「누구 얼굴 말이야?」

「밑줄 긋는 남자 말이야.」

「아니. 그래도 검은 망토를 입었다는 건 생각이 나. 그런데, 그 사람 뒷모습이 쾌걸 조로를 너무 닮았더라고. 나는 그 사람 뒷모습밖에 못 봤어.」

21 새끼 양, 송아지의 속 가죽을 보드랍게 보풀린 가죽. 또는 그것을 모방하여 짠 직물.
22 Pagani. 스파게티 면의 상표명.

쾌걸 조로, 스파게티, 템스강.

나는 자동차를 빌려줄 수 있겠느냐고 파니에게 물었다. 그녀가 그러겠다고 해서, 바로 그날 저녁에 바다를 보러 떠났다. 시골풍의 여관에서 저녁을 먹고 잠을 잤다. 천장에 들보가 보이고 샛기둥이 있는 그런 여관이었다. 이튿날, 이탈리아에 관한 〈기드 블뢰〉 여행 안내서를 샀지만, 그것을 펼쳐 보지도 않았다. 나는 어떤 결함을 가진 남자를 상대하고 있다는 생각이 들었다. 자기에게 무슨 결함이 있더라도 나한테 와서 직접 말하는 편이 더 간단하지 않았을까? 저속한 모습을 보이지만 않는다면 그의 솔직한 태도를 마다할 이유가 없었다. 내가 도서관에 그토록 자주 갔으니, 그 사람이 나에게 접근할 수 있는 기회는 여러 번 있었다. 굳이 거창한 말을 할 필요도 없었고, 그저 〈아가씨, 일주일 전부터 당신을 제 팔에 안아 보고 싶었습니다〉라는 식의 말이면 충분했다.

그런 일에, 문학과 지젤과 『프티 로베르』를 끌어들일 필요는 없었다.

이튿날 바로 파리로 돌아왔다. 여행 가방을 아파트에 갖다 놓기가 바쁘게 나는 도서관으로 달려갔다. 출납대 앞에 사람들이 줄을 짓고 있어서, 조금 기다려야 했다. 드디어 지젤에게 말을 걸 수 있게 되었는데, 그녀는 〈자, 받아요〉라고 꽤 쌀쌀맞게 내 말문을 막으면서 『그로칼랭』을 내밀었다. 나는 겁을 집어먹고 재빨리 거기를 빠져나와 6프랑짜리 우유를 파는 그 카페에 들어갔다. 무엇 때문에 지젤이 나에게 벌을 주고 싶어 하는 걸까? 자기 책 — 따지고 보면 그녀의 책이 아니라 모두의 책이지만 — 을 훼손했기 때문인가? 아니면 내가 사용한 방법이, 다른 사람의 생각을 도용한 안일하고 부당한 방법이라서? 지젤은 내게서 뭘 기대하고 있었을까? 자기를 깜짝 놀라게 할 만한 독창적인 어떤 방법이라도 생각해 내기를 바랐을까? 도서관의 한 해 회원 중에서 가장 기발한 생각을 해낸 사람을 뽑는 무슨 시합과 관련이 있는 것은 아닐까?

나는 『그로칼랭』을 다시 읽지 않고 책장을 훌훌 넘겨 보기만 했다. 밑줄 긋는 남자는 87페이지의 내 질문에는 대답하지 않았지만, 연필을 아예 사용하지 않은 건 아니었다.

96페이지: 지금이 아니면 영영 기회는 오지 않을 것이다.

그 책 마지막 페이지에 아무것도 씌어져 있지 않아

서 나는 이제 서막은 끝났다고 결론을 내렸다. 우리는 곧 만나게 될 것이고, 더 이상 뜸 들이지 않고 서로를 사랑하게 되리라고 나는 생각했다. 카페 화장실로 내려가서 블러셔를 다시 바르고 손가락 끝으로 눈썹을 매만졌으며 머리를 살짝 빗어 올려 내가 무척이나 좋아하는 약간 부푼 모양을 만들었다. 그리고 손목과 목덜미에 바닐라 향을 한 방울씩 발랐다. 그런 다음, 책을 지젤에게 돌려주러 갔다. 나는 밑줄 긋는 남자가 거기에 있을지도 모른다는 생각에, 몸가짐에 신경을 쓰면서 되도록 우아하게 책을 내밀었다. 나는 고개를 들고 등을 꼿꼿이 세운 채 메닐 센터를 나와서 최대한 천천히 걸었다. 그 사람이 나를 따라잡기 위해 너무 많은 수고를 하지 않게 하려는 생각에서였다.

11

물론 그는 나를 따라온 적이 없었다. 그러는 사이에
어느덧 11월이 닥쳐왔다. 지불 통지서들이 새로 날아
들고, 아버지가 생활비로 쓰라고 수표를 보내왔다. 그
동안에 나는 아파트 내부에 페인트를 완전히 다시 칠
했고, 가구를 옮겨 놓았다. 나는 바르바라의 노래, 「나
의 가장 아름다운 사랑 이야기는 당신입니다」를 즐겨
듣고 있었다. 1990년 콘서트 실황 음반이었는데, 그녀
의 목소리가 무척 쉬어 있었다. 그것을 들으며 나는 그
런 노래를 누구에게 들려주어야 할지 생각해 보았지만
마땅히 떠오르는 사람이 없었다. 쥐디트가 말한 대로,
『세계의 땅』 편집장이 마침내 전화를 걸어 왔다. 나는
기사를 썼고, 그것이 그의 마음에 들었던지 그는 다른
일거리를 정기적으로 주겠다고 제안했다. 육체적으로
보면 그것은 재앙이었다. 나는 뭔지 모를 이상한 꿈을

꾸곤 했고, 장난감 당나귀 레옹을 다리에 끼운 채 자신이 이상한 소리를 지껄이는 것을 들으며 아주 흥분한 채 잠에서 깨어나곤 했다.

11월 3일, 나는 스물다섯 살 먹은 어떤 사내를 만났다. 우리는 함께 외출했고 함께 잠을 잤으며, 영화관에 세 차례(내가 좋아하는 영화는 그가 싫어했고 아니면 그 반대였다), 레스토랑에 다섯 차례 갔다. 그는 나의 집에서도 저녁을 몇 번 먹었다. 그가 가고 나면 설거지는 내 몫이었고, 그렇게 접시들을 더럽혀 설거지거리를 남기고 가는 그가 은근히 원망스러워졌다. 그래서 나는 그 사람을 사랑하지 않는다는 사실을 깨달았다. 한 남자를 진정으로 사랑한다면 그런 생각은 하지 않는 법이다. 그 사람에겐 내 마음에 드는 구석이 한 군데도 없었다. 특히 자기의 장래 계획을 말할 때마다 나를 끌어들이는 것이 마음에 들지 않았다. 그는 어느새, 〈우리〉 여기 갑시다, 〈우리〉 그거 합시다 하는 식으로 복수 1인칭만 사용하고 있었다. 나는 더 이상 참아 낼 수가 없어서 11월 26일에 그와 헤어졌다.

11월 27일, 나는 지젤을 만나러 갔다. 느닷없이 죄책감이 엄습했다. 나는 밑줄 긋는 남자를 배신했고, 다른 남자에게 몸을 허락했으며, 그 덧없는 불장난의 초기에는 어쩌면 마음의 한 조각도 주었을지 모른다. 나는 얼굴이 화끈거리고 귀가 멍해진 채로 내가 저지른 잘못 때문에 몸 둘 바를 몰랐다. 그런 사실이 밑줄 긋는 남자의 귀에 들어갔을 리는 없었지만, 내가 두려워한 건 그 사람이 아니라 바로 나였다. 한 남자에게 성실치 못했다는 생각에 소름이 끼쳤다. 그 사람은 〈이제부턴 오로지 당신뿐입니다〉라는 말로 자기 사랑을 표현할 줄 하는 사람이었다(그 말은 안나 그리고리예브나에게 보낸 도스토옙스키의 서간에서 인용한 것으로, 『노름꾼』 부록에서 그는 거기에 밑줄을 치지 않고 테두리를 쳐놓았었다). 하지만 그 사람이 너무 뜸을 들인 건 사실이고, 내가 텔렉스, 팩시밀리, 전화 등을 사용하는 환경에서 자란, 20세기 말의 여자라는 점도 부인할 수 없다. 나는 당장 모든 것을 갖고 싶어 하며, 그것이 여의치 않으면 다른 곳으로 가버린다. 그는 필시 예전의 딴 시대에서 온 사람으로, 다정한 말로 점진적인 사랑을 하고, 사려 깊게 절차를 밟아 나가며, 우아한 찻집이나 공원에서 데이트를 하는 사람일 터였다. 그에 비하면 나는 더러운 여자, 천박한 여자였다. 그 사람은 나를 전적으로 믿었는데, 그에 대한 보답으로 나는 아무 남자에게나 몸을 허락한 것이다.

지젤은 곱지 않은 눈으로 나를 쳐다보았다. 어렸을 때, 어머니는 내가 고기를 먹다 남기면, 그런 눈으로 나를 보곤 했었다. 〈미리 일러두겠는데, 너 고기 다 안 먹으면 디저트도 못 먹을 줄 알아라.〉 나는 모든 걸 원래대로 돌려놓고, 처음부터 다시 시작하고 싶었다. 그러자면 지젤이 필요했다. 그녀가 없으면 아무것도 할 수가 없었다. 도서관에 책이 너무나 많아서 혼자 힘으로는 이 곤경에서 벗어날 수가 없었다. 나는 내 몫의 고기를 남김없이 먹기로 했다. 비계를 먹는 한이 있더라도 고분고분하게 말을 들을 생각이었다. 지젤이 입을 열지 않았으므로 내가 먼저 말을 걸었다.

「지젤, 나에게 줄 책이 있나요?」

「뭘 좋아하시는데요?」

「모르겠어요.」

「반납된 소설이 많아요. 찾고 있는 게 어떤 종류예요?」

　이젠 나에게 기회가 없다는 느낌이 들면서 얼굴이 다시 화끈거리고 전보다 더 귀가 멍해졌다. 목구멍을 아주 커다란 멍울 같은 것이 꽉 막고 있는 느낌이 들었다. 모든 게 다 내 탓이라고 생각할 때 흔히 느껴지는 그런 멍울이었다. 나는 눈을 감고 기다렸다. 그 사람과의 관계를 소중하게 생각한다면, 내 빗나간 행동이 더 이상 그곳을 더럽히지 않도록 바로 떠나야 했을 것이다. 하지만 나는 떠나고 싶지 않았고, 게임을 계속하고 싶었다. 그러기 위해서 용서받고 싶었고, 사랑하고 싶었다. 무엇보다도 난 사랑하고 싶었다.

눈을 떠보니 지젤은 자리에 없었다. 다만 책 한 권이 내 앞에 놓여 있었다. 두꺼운 베이지색 천으로 장정한 책이었다. 나는 그것을 집어 꼭 껴안았다. 앞으로는 조심하겠다고 약속도 하고 맹세도 했다. 책 제목을 볼 필요는 없다고 생각했다. 그 책이 우연히 내 앞에 놓인 게 아니라는 것을 알고 있었기 때문이다. 내가 사랑하는 사람이 그 안에 들어 있을 것이고, 책 속에서 나는 그를 만나게 될 것이었다. 나는 책을 보듬고 곧장 집으로 돌아왔다. 그러고는 한 올도 남기지 않고 옷을 벗었다. 그 사람에게 내가 그를 얼마나 사랑하는지를 보여 주기 위해서였다.

키르케고르, 『유혹자의 일기』. 제목을 보고 나는 따귀를 맞은 기분이 들었다. 그러니까 그 사람은 복수를 하려고 벼르고 있었던 것이다. 마치 나에게는 실수할 권리조차 없다는 듯이 말이다. 그러면 그 사람은 그동안에 무엇을 했을까? 그는 화상(畵像)처럼 얌전히 있었을까? 그는 어떤 여자도 품지 않고, 어떤 젖가슴이나 어떤 옥문(玉門)도 쓰다듬지 않고, 어떤 사랑의 말도 내뱉지 않았단 말인가? 나는 책을 펴고 그의 자취를 찾기 시작했다.

분명히 말하거니와, 억제하기 어려운 어떤 고뇌가 내 목을 죄어 오고 있다. 예전처럼 불안이 가득하고 가책이 들끓는 내 마음에 그때의 상황이 다시 떠오르고 있다.

내가 끼어들어서, 이제껏 평행 상태로 일관해 온 독백을 대화로 바꿀 수 있는 절호의 순간이었다. 그가 내 감정, 내 의구심에 대해서 좀 더 알아야 할 때가 된 것이었다. 나는 가방에서 HB 연필을 꺼내 내 마음을 담은 구절을 고르고 밑줄을 쳤다.

〈그렇게 그와의 관계가 단절되었다는 느낌을 갖게 되자, 그 가련한 처녀는 그것의 쓰라림을 갑절로 느끼고 있었다. 그렇게 된 것은, 그 여자가 아무것도 의지할 만한 것이 없었는 데다, 그녀의 마음이 지독한 아수라장 속에서 끊임없이 동요하고 있던 탓이었다. 격렬한 마음의 소용돌이 속에서 그 여자는 어떤 때는 그 사람을 용서하면서 자기를 나무랐고, 어떤 때는 그 사람을 질책했다. 또, 그 관계라는 것이 오로지 상징적인 의미에서만 현실성을 가졌기에, 결국 이 모든 것이 상상에서 비롯된 허구가 아닐까 하는 의구심과 끊임없이 씨름해야 했다.〉

다음 페이지에 그의 밑줄이 다시 나타났다.

음모를 꾸며 다른 사람을 혼란에 빠뜨렸던 자가, 그 음모가 파탄이 나면서 스스로가 파놓은 함정에 빠지는 경우보다 더 고통스러운 것은 없으리라.

21페이지, 이번엔 내 차례였다. 〈참으로 이상한 일이다. 그는 아주 거대한 신비로 모든 것을 감싸 버렸다.〉 좀 더 가서, 〈아, 이 일을 어쩌랴. 비밀에는 유난히도 많은 유혹과 저주가 따라붙는 것을.〉 그리고 다시 더 가서 26페이지에, 〈시간이 길게 느껴질지라도 나는 기다릴 거예요.〉

나는 그 문장에는 겹줄을 그었다.

그 책에는 나에게나 그 사람에게나 딱 들어맞는 문장들이 가득했다. 그가 밑줄 친 구절은 두 페이지가 멀다 하고 나타났고, 나 역시 두 페이지에 한 번꼴로 밑줄을 그었다.

그 사람, 33페이지: 조급히 굴면 안 된다. 욕심을 부려서
도 안 된다. 느긋하게 즐겨야 한다. 그 여자의 운명은 정해져
있고, 나는 기필코 그녀를 되찾을 것이다. 39페이지: 미지의
내 아름다운 여인이여, 그대의 모습을 보여 주오. 내 눈에는
보이지 않을지라도 어쩌면 그대는 이미 여기에 와 있을 거
요. 그대의 모습을 드러내 주오.

나, 44페이지: 〈우리는 서로 사귀었고, 우리의 사귐은 묘
한 상황에서 이루어졌다.〉

그 사람, 45페이지: 나는 그녀를 보았다. 그런데 그것은
마치 천상의 계시를 받는 것 같았다. 왜냐하면 그녀의 영상
이 다시 나에게서 완전히 사라졌던 것이다. 그리고 46페이
지: 나의 영혼은 여전히 똑같은 자가당착에 빠져 있다.

나, 47페이지: 〈나는 뭘 어찌해야 할지 갈피를 못 잡고
있다. 열정의 폭풍에 휩싸인 내 영혼은 마치 격랑이 이는 바
다와 같다.〉 그리고 49페이지: 〈세월은 흐르는데, 나라는
사내의 형편은 더 나아지지 않는다.〉

나는 〈사내〉라는 말을 〈여자〉로 바꾸었다.

그 사람, 50페이지: 나는 가는 곳마다 그녀를 찾고 있다.
51페이지: 그대, 내 속마음을 털어놓을 수 있는 오직 하나
뿐인 사람, 나의 벗이자 적이 될 만한 유일한 사람, 내 모든
영혼을 바쳐 사랑하는 그대, 내 마음에 비친 그대의 모습을
따라 나는 스스로를 다시 만들어 가고 있소.

나, 51페이지: 〈그대는 왜 나타나지 않는가?〉

그 사람: 모든 걸 느긋하게 즐겨야 한다. 67페이지: 내
가 이 일을 거의 비밀에 붙이고 있는 것이야말로, 내가 진정
으로 사랑에 빠져 있음을 보여 주는 가장 훌륭한 증거이다.
76페이지: 나는 그녀를 만나지 않는다. 그 여자가 생활하는
세계의 변죽을 건드리고 있을 뿐이다.

나: 〈그녀는 지평선에 새로운 별이 나타나, 이상하리만치
규칙적인 운행을 하면서 자기 삶에 자극적인 영향력을 행사
하고 있음을 느끼고 있을 것이다. 그러나 그녀는 그 운동을
지배하는 법칙에 대해서는 전혀 아는 바가 없다.〉

그 사람, 93페이지: 우리는 서로를 이해한 바탕 위에서 다정하고 신실한 운우(雲雨)의 정을 나누는 그런 사이도 아니고, 누가 누구를 유혹하는 관계도 아니다. 우리 관계는 서로 화합하지 못하고 반발하는 관계이다. 나와 그녀의 관계는 아주 독특하다. 그것은 정신적인 성격을 지니고 있다. 94페이지: 현재의 방법은 특별한 이점(利點)들을 가지고 있다……. 그 방법에 단점이 있다면, 시간이 걸린다는 것뿐이다……. 만일 그 아가씨가 자기 내부를 똑똑히 보기를 바란다면, 내가 자기 남자라는 사실을 고백해야 하리라.

나: 〈나는 그 사람의 진실한 감정을 알고 싶다. 그의 감정은 사랑일까?〉

그 사람: 아마 그럴 것이다. 밤이 평온하리라.

대화 속에서 그는 살아 숨 쉬었다. 어찌나 실감이 났던지 나는 밑줄 긋는 남자와 열렬한 사랑에 빠졌다. 그는 실재할 뿐만 아니라 내 말을 알아듣고 스스로에게 훌륭한 질문을 던졌으며 나에게 훌륭한 답을 주기도 했다. 그는 나를 사랑하고 있었고, 나는 그를 사랑하고 있었다. 그 책 덕분에 내 삶은 하루아침에 달라졌다. 갑

자기 삼라만상이 저마다의 의미를 띠었고, 나는 누군가를 위해 존재하고 있었다. 한마디로, 나는 존재하고 있었다.

나는 기쁜 마음으로 잠들었다가, 기쁜 마음으로 일어났다. 언젠가 그가 오리라는 것을 믿고, 그날을 조용히, 평화롭게 기다리고 있었다. 거친 곡물 가루로 쑨 죽에도 또 다른 맛이 있다는 것을 알았고, 수돗물조차 순수하고 옅은 향기가 나는 것처럼 느껴졌다. 몸에 바르는 갖가지 크림들도 비로소 존재 이유를 찾았다. 나는 그 사람을 상상하고 그의 개략적인 초상화를 그리면서 시간을 보내곤 했다. 내 몸을 가꾸는 일에도 새롭게 관심을 가지면서, 다리털을 정기적으로 뽑는가 하면, 발톱을 줄칼로 단정하게 다듬은 다음 투명 매니큐어를 칠하기도 하고, 영양 섭취에도 신경을 썼으며, 서른여섯 개의 립스틱을 발라 보고, 유형을 아주 다르게 해서 여러 가지 옷차림을 시도해 보기도 했다. 심지어 목덜미에 있는 그 흉한 검은 점을 제거하기 위해 수술받을 결심까지 했다.

그 사람을 생각한다는 것은, 어떤 의미에서는, 그와 함께 사는 것이었다. 아닌 게 아니라, 우리는 일상사를 함께 했고, 나는 그에게 말을 걸 정도까지 되었다. 그것도 목청을 돋워서 말이다.

「당신은 아침에 뭘 드세요?」

「커피요.」

「난 커피를 안 마시는데.」

「괜찮아요. 커피는 내가 사러 가지요.」

「아니에요. 내가 갈게요.」

그런 다음 나는 〈네스카페〉를 사러 아래층에 있는 식료품점에 그 사람 대신 내려가곤 했다.

내 마음 씀씀이가 모든 것에 관심을 가질 만큼 자상해져서, 벽장 안을 완전히 다시 정돈하고, 속옷을 제대로 갖춰 가지런히 쌓아 놓았는지도 확인했으며, 색깔의 조화에도 되도록 신경을 썼다. 샤워 시설 옆에는 목욕 수건을, 세면대 옆에는 접대용 수건을 놓는 것도 잊지 않았다. 내 칫솔처럼 털이 부드러운 칫솔도 사 놓았다. 내가 얼마나 깐깐해졌는지는, 담배 한 개비를 피울 때마다 바로 재떨이를 비우게 된 것만 보아도 알 수 있으리라. 그 사람이 단 한순간도 불편함을 느끼지 않게 하기 위해서, 나무랄 데 없고 깨끗하고 가지런하고 아늑한 집을 만들고 싶었다. 나는 그를 위해 목욕 가운도 하나 더 샀다. 어떤 치수로 사야 할지를 몰라 나는 여점원 앞에서 무척 난처했다. 당황하는 내 모습을 보고,

101

여점원은 아주 상냥하고 부드럽게 〈그분 체격이 어때요?〉라고 물었다. 그 사람은 뚱뚱하지도 않고 마르지도 않은 중간 체격일 것으로 나는 생각했다. 그는 내가 사랑할 준비를 하고 있는 모습 그대로일 것이고, 나는 있는 그대로의 그 사람을 사랑할 준비가 되어 있었다. 결국, 치수가 1이든 2, 3이든 그런 건 별로 중요하지 않다는 생각이 들었다. 집에 돌아오자마자 그 가운을 입은 모습이 어떠한지를 알기 위해서 레옹에게 그것을 입힌 다음 레옹의 뒷다리를 꼬아 소파에 기대 놓았다. 하늘색의 두툼한 타월 천으로 된 그 가운은 아주 멋있었다. 그 사람이 아주 좋아할 것 같았다.

「커피에 우유 넣을까요?」

그는 더할 나위 없이 부드럽고, 은근하면서도 자상하고 너그러우며, 인생을 사랑하고 정신적인 가치를 소중히 여기는 사람이었다. 나는 모든 것에 신경을 썼다. 하다못해 소변을 볼 때도, 소리가 되도록 작게 나게 하려고 배를 끌어당겨서 오줌 줄기가 최대한 가늘게 나오도록 애썼다. 그 사람 쪽에서도 언제나 좌변기에서 나는 소리를 낮추려는 배려를 아끼지 않았다. 우리는 몇 시간 내내 음악을 듣기도 했다. 우리는 똑같은 것을 좋아했는데, 다만 사라 본에 대해서는 아직 의견의 일치를 보지 못했다. 우리는 샤를부아, 잔 모로, 샤를렐리 쿠튀르, 오르넬라 바노니, 그리고 오래된 가수 프랑스 갈과 미셸 델페슈를 똑같이 좋아했다. 우리는 함께 숨 쉬며 함께 살았다.

그렇게 그는 존재하고 있었고, 그렇게 나는 나날이 이상과 상상의 힘으로 그를 만들어 가고 있었다. 그는 내 곁에 없었지만, 그렇게 내 삶에 깊이 파고들어 와 있었기 때문에 나는 아무래도 좋았다. 나는 그의 혀가 내 입 안에 들어오거나 살갗에 닿는 것을 무척 좋아했다.

어느 날 밤, 나는 그의 코 고는 소리를 들었다. 익숙하지 않은 일이라서, 그가 정말 코를 골았을까 생각하고 있는데, 어쩐지 코 고는 소리가 아래층에서 들려오고 있다는 느낌이 들었다. 의아한 생각이 들었다. 사실, 라스카르 부인은 혼자 살고 있었고, 내가 보기에 부인은 함부로 코를 골 그런 여자가 아니었다. 머리털이 구불거리도록 주마다 헤어롤로 머리를 가꾸고, 여러 줄짜리 진주 목걸이를 하고 다니며, 완벽하게 손톱 손질을 하는 여자에게 그런 버릇이 있을 것 같지는 않았다. 다음 날, 그래도 혹시 모르는 일이라 나는 부인을 만나러 내려갔다. 부인은 잠옷 바람에 굽 높은 끌신을 신고 있었다. 대나무 무늬가 찍힌 연분홍빛 폴리에스테르

잠옷과 슬리퍼가 서로 잘 어울렸다.

「간밤에 코 고는 소리를 들었어요. 제가 사랑하는 사람이랑 함께 살고 있어서, 그이 입에다 귀를 대보았는데, 그이가 내는 소리가 아니더군요. 그건 거의 확실해요.」

라스카르 부인의 얼굴이 헬쑥해졌다. 워낙 핏기가 없는 얼굴이었는데도 파리해지는 모습이 역력했다. 부인은 오랫동안 침묵을 지키며, 그 침묵에 걸맞게 샐쭉한 시선을 엘리베이터 쪽으로 보내고 있다가, 이윽고 자초지종을 설명해 주었다. 그녀의 남편은 세상을 떠났는데, 그가 죽기 전에 부인은 남편과 사별하고는 도저히 못 살 것 같아서 소형 녹음기로 남편의 코 고는 소리를 녹음해 두었다는 것이다. 남편의 죽음이 임박했을 때, 드르렁거리며 콧숨을 쉬는 그의 마지막 숨결을 담아 두었다는 얘기였다. 그가 떠나고 세월이 꽤 흘렀건만, 부인은 여전히 이따금 ── 그러나 점점 뜸해지고 있다고 부인은 덧붙였다 ── 카세트를 듣는다는 거였다. 간밤에 들렸던 것도 카세트에 녹음된 소리였음은 물론이다.

「그렇게 해서 그 양반은 아직 살아 있는 셈이지요.」

「그분은 틀림없이 살아 계셔요. 우리가 위층에서 그분의 소리를 들었는걸요.」

부인을 안심시키려고 그렇게 말했더니, 부인은 정말 마음을 놓는 눈치였다. 보아하니 부인 집에서 코 고는 소리가 들린다고 말해 주러 온 사람은 나뿐이 아니었다. 부인은 자기 남편의 코 고는 소리가 이웃 사람들을 성가시게 한다는 사실에 큰 기쁨을 느끼는 모양이었다. 나를 바라보는 부인의 눈길에선 이제 장난기마저 느껴졌고, 벙실거리며 웃는 치아 사이로 부인의 금니 두 개가 얼핏 보였다. 부인은 문을 닫기 전에, 〈그이에게 더 조심하라고 얘기할게요〉라는 말로 다시 사과했다. 그리고 아주 멋진 하루를 보내고 오래오래 행복하게 살라고 내게 말했다.

라스카르 부인은 2층에, 나는 3층에 살고 있었다. 나는 사랑하는 남자와 살고 있었고, 라스카르 부인은 코를 고는 남편, 즉 자기 아내로 하여금 귀마개 발명자를 예찬하게 만들고 신경 안정제를 벗 삼게 만드는, 그런 남편과 살고 있었다.

12

　누구나 아는 버릇말대로, 모든 것이 최선의 세계에서 최선의 상태로 존재하고 있었다.[23]

　나는 활력을 되찾고 다시 외출을 했다. 영화관에 가고 연극에 재미를 붙였으며, 미술관에도 자주 드나들고, 귀에 설던 페루 팬파이프와 아르헨티나 탱고, 크세나키스[24]와 불레즈[25]의 음악에도 관심을 가졌다. 나는 시집 여섯 권과 소설 네 권을 사기도 했다. 빌려서 볼 수도 있었지만 나를 위해서, 오로지 나만을 위해서, 그

---

　23 원래는 라이프니츠의 『변신론(辨神論)』에 나오는 낙천주의적 경구. 볼테르의 『캉디드』를 통해 프랑스어의 상용 표현으로 굳어짐.
　24 Iannis Xenakis(1922~2001). 그리스 태생의 프랑스 작곡가. 수학 이론을 작곡에 적용하고, 전자 음향을 활용했으며, 작품 구상을 위해 컴퓨터를 이용하는 등 독특한 음악 세계를 구축했다.
　25 Pierre Boulez(1925~2016). 프랑스의 작곡가 겸 지휘자. 프랑스 12음 음악파의 태두로서 현대 음악에 많은 영향을 끼쳤다. 대표작으로 「임자 없는 망치」(1955), 「플리 슬롱 플리」(1960) 등이 있다.

리고 그 사람을 위해서 책들을 갖고 싶었다.

사들인 소설 네 권 가운데 가장 먼저 흥미를 느낀 것은 앙드레 지드의 『여자의 학교』였다. 거기엔 그럴 만한 이유가 있었다. 폴리오판인 그 책 표지에, 나이 지긋한 한 남자가 만년필을 쥐고 있는 그림이 들어 있었던 것이다. 나는 그것에 반해서 책을 읽기 시작했는데, 사랑하는 그 사람에게 들려줄 만한 문장 하나를 이내 발견했다. 〈이미 말했다시피, 당신을 만나기 전에 나는 내 삶이 쓸모가 없다는 느낌 때문에 고통을 받고 있었습니다〉라는 문장이었다. 밑줄을 칠 만한 문장을 찾아냈으니, 그 책을 도서관에서 찾는 일만이 남아 있었다. 나는 그 책을 찾아 빌려 왔다. 도서관 책은 내 것과 사뭇 달랐다. MCM-XXXVIII년[26] 5월 디종에 있는 다랑티에르 출판사에서 나온 38판본으로서, 내 폴리오판보다 약간 큰데, 낙타색 표지에 제목은 커다란 빨간 글자로 되어 있고 삽화가 들어 있지 않았으며, 종이는 누렇게 되고 재단이 엉망이었다. 나는 밑줄을 긋기 위해서 연필이 아니라 이번엔 빨간색 〈빅〉 볼펜을 사용했다. 색깔이 선연해야 그의 눈에 띌 것 같았다. 내가 그렇게 대담하고 극성스럽게 굴어도 밑줄 긋는 남자는

26 로마 숫자로 1938년을 나타낸 것.

다 이해해 주리라 믿었다. 볼펜 줄은 지울 수 없을 테니까, 나보고 엎질러진 물을 주워 담으라고 설득할 사람도 없을 것이었다. 나는 그 사람을 기다리고, 찾아내고, 사랑하리라 굳게 다짐하고 있었다. 밑줄을 긋고 나서, 나는 책을 도서관에 돌려주었다.

며칠 후, 1부 말미에서 읽기를 중단했던 그 책을 내 소장본으로 다시 읽었다. 나는 손에서 책을 놓지 않고 끝까지 다 읽었다. 2부에는 〈20년 후〉라는 제목이 붙어 있었다. 무엇으로부터 20년 후란 말일까? 1부의 열광과 신념과 낙천주의로부터 20년 후란 말일까? 그렇다면 지드는 1부, 2부의 제목을 〈환상〉과 〈잃어버린 환상〉이라고 붙였어도 괜찮았을 것이다. 한 여인이 결혼 전에 써놓은 일기를 20년이 지난 뒤에 비통한 심정으로 다시 펼쳐 드는 상황을 상상해 보라.

『여자의 학교』를 읽고 나서 나는 이성을 되찾았다. 고통스럽지만 건전한 독서였다(결혼을 앞둔 처녀들은 모름지기 그 책을 일독해야 하리라). 그간의 내 모든 행동이 참으로 한심했다는 생각이 들었다. 책을 매개 삼아 교신을 하고, 〈사랑하고〉, 다른 사람에게 모든 걸 걸고, 인생에 기대를 갖는다는 것, 그것은 한낱 공상에 지나지 않았다. 그 모든 게 아주 그럴싸하긴 했지만, 역시 너무 허황한 일이었다. 그 황당한 사랑 이야기의 결말은 나에게 고통을 안겨 줄 게 뻔했다. 누군가를 사랑한다는 것, 그것은 우리에게 아무것도 가져다주지 않는다. 물론 백치처럼 자기도취에 젖고, 마음이 흥분되며, 가슴 한쪽이 갑자기 아릿해지고, 얼굴이 화끈거리며, 관능이 새로이 꿈틀거리는 것을 즐길 수는 있을 것이다. 그러나 사랑하는 일이 다른 뭔가를 가져다주리라고 기대해서는 안 된다. 사랑의 고전적인 오류는 거기에서 싹트는 것이다. 사랑이 지속되기에는 적합하지 않다. 사랑은 한줄기 바람일 뿐이다.

나는 사랑이라는 바람을 쐬다가 감기에 걸릴 생각은 추호도 없었다. 파니가 예언한 대로, 그저 파가니 국수 5백 그램을 얻는 것으로 끝날 일이라면, 당장이라도 아래층 식료품점에 내려가서 그걸 사버리면 그만이었다. 파니가 꿈에서 보았다는 연보랏빛 스웨이드 무도화는 이미 한 켤레를 가지고 있었다.

나는 키르케고르의 책을 도서관에 갖다 주었다. 마지막 페이지에 아무것도 적혀 있지 않았으므로, 그것을 기화로 나는 그 사랑 놀음이 끝난 것으로 간주했다. 파니에게 전화를 걸어 〈그 얘기는 끝났어. 이제 다른 주제로 넘어가자〉라고 말하면서, 마렝고식 송아지 고기의 요리법이나 1월에 제니트나 라시갈에서 열리는 음악회에 관해 이야기할 수 있을 것 같았다.

며칠 후, 나는 갑자기 두려움에 사로잡혀서, 앙드레 지드의 책을 훔치러 다시 도서관에 갔다. 빨간 볼펜으로 그은 밑줄은 지워지지 않고 남아 있을 텐데, 나는 그 문학광(狂)에게 더 이상 바라는 게 없었기 때문이다. 나는 쥐도 새도 모르게 그 책을 집으로 가져와서, 벽장 안에 넣어 두었다. 트리비얼 퍼수트, 모노폴리, 밀 보른 등의 게임 도구들이 들어 있는 벽장 안에, 폴리오판으로 나온 동종의 책 바로 위에 올려놓았다.

내가 그 책을 슬쩍 후무리기 전에, 지젤은 분명히 내 대출 카드에 반납일을 기록했다. 그럼에도 도서관에서 통지서가 날아들었다. 도서관 사람들이 흔히 쓰는 점잖은 문투대로, 〈책이 제자리에 없다〉는 것이 통지의 이유였다.

〈귀하는 12월 23일까지 도서 한 부를 반납할 의무가 있었음을 상기시켜 드리면서, 가능한 한 이른 시일 내에 그 도서를 돌려주시기를 부탁드립니다. 이의를 청구하고자 하실 경우에는 이 문서를 지참해 주시면 고맙겠습니다.〉

〈참조: 앙드레 지드, 『여자의 학교』〉

도서관에 그 책이 없는 건 당연하지만, 나는 서류상 그것을 반납한 것으로 되어 있었기 때문에, 이론적으로는 아무런 책임이 없었다. 나는 도서관에 전화를 걸어 지젤을 찾았다. 지젤은 〈휴가 중〉이었다. 나는 유감스럽게도 뭔가 착각이 있는 것 같다고 서두를 연 다음, 지드의 그 책을 제때에 분명히 반납했으며 도서관 측에서 기록을 안 했을 뿐이니 나는 잘못이 없다고 통화의 상대방에게 해명했다. 나에게 카드가 있으니 언제라도 보여 줄 용의가 있다는 말도 빼놓지 않았다. 상대방이 의심스러워하는 기미를 보이자, 나는 〈가겠습니다. 당장 그 카드를 가져갈게요〉라고 말했다.

나는 같은 날 4시쯤 거기에 도착했다. 지젤 대신 출납대를 맡은 남자는 나를 금방 알아본 것 같았다. 나는 그 때문에 가슴이 덜컹했다. 그는 내가 전에 만난 적도 눈여겨본 적도 없는 듯한 사람이었다. 내 목소리가 생김새와 꼭 들어맞았기 때문일까? 나는 그 사람에게 3장의 카드를 보여 주었다. 그는 나선형 고리가 달린 커다란 〈맑은샘〉 표 노트를 보며 뭔가를 조사하더니, 의심을 품은 세관원들이 가끔 그러하듯이 컴퓨터 자판을 두드렸다. 그는 키가 크고 갈색 머리털을 네모지게 잘랐는데, 머리 모양을 잡느라고 연방 머리카락을 쓸어

올리고 있었다. 푸른색과 금색이 반반씩 섞인 눈동자
는 색깔이 시시각각으로 금방금방 변하는 것 같았다.
손가락은 길쭉한데, 손톱이 지저분하고 깎음새가 좋지
않았으며 잿빛 살가죽이 테를 두르고 있었다.

그 사람도 나를 쳐다보았다. 나에게 눈길을 주고 있
는 그의 모습이 이상하게도 무척 마음에 들었다.

「그렇군요. 아가씨 말을 믿고 싶습니다. 책을 반납하
셨군요. 그런데, 어떻게 책이 사라지는 일이 벌어졌을
까요?」

「아마 다른 데 놓여 있을 거예요. 그런 일은 나보다
더 잘 아실 것 같은데요, 안 그래요?」

그 얘기는 더 이상 할 게 없었으므로 우리는 다른 얘
기를 나누었다. 그는 일주일 기한으로 지젤 대신 일하
고 있었다. 그는 소르본 대학에서 문학을 전공하고 있
었고, 학사 과정에 있었다. 또 나보다 한 살이 어렸고,
환승역 한 곳을 포함해 지하철로 여덟 정거장 떨어진
곳에 살고 있었다.

「여기에 자주 오세요?」

그가 물었다.

「아주 불규칙해요. 처음 등록했을 때는 매일 오다시
피 했는데, 지금은 그리 자주 오지 않아요.」

「책을 많이 읽으시나 보죠?」

「아니요. 제대로 읽는 게 별로 없어요. 주로 훑어보는 편이에요. 내가 빌리거나 산 책 가운데 4분의 3은 중도에서 그만두거나 아니면 아예 펼쳐 볼 생각도 안 해요. 예외도 물론 있어요. 순간적으로 내 마음을 사로잡아서 끝까지 읽지 않고는 못 배기게 하는 책들도 있어요. 하지만 그런 책은 아주 드물어요.」

「조언해 주는 사람이 없나요?」

「없어요. 아무도. 아니, 어떤 사람이 있긴 있었어요. 그런데 그 사람은 나를 잘 몰랐어요. 그래서 몇 차례 실수를 했지요.」

「괜찮으시다면, 제가 조언을 해드리고 싶은데요.」

「정말, 문학을 공부하시니까 작가들에 대해서는 훤하시겠어요. 사실은요, 아주 좋아하는 작가가 있어요. 아자르예요. 가리 말이에요. 『새벽의 약속』을 읽어 보셨는지 모르겠네요. 나는 그 책에 홀딱 반했어요. 하지만, 지금은 그분 책을 다 읽어 치우고 싶지 않아요. 달리 먹을 게 없다는 핑계로 아끼는 고기를 다 구워 먹을 수는 없는 노릇이잖아요? 아자르, 아니 가리를 아세요?」

「『솔로몬 왕의 고뇌』요?」

「예, 그거 말고도 『그로칼랭』, 『자기 앞의 생』 등등 많아요. 다 해서 서른한 권이에요.」

「츠바이크[27] 책 읽어 보셨어요?」

「아니요.」

「좋은 작갑니다. 그 사람을 권하고 싶어요.」

「아, 그래요. 그런데 츠바이크의 어떤 책을 말씀하시는 거죠? 그 사람은 소설을 한 권밖에 안 쓴 걸로 알고 있는데요?」

「천만에요. 그 사람 작품도 많아요. 『감정의 착란』, 『한 여자의 24시』, 『체스 이야기』, 『아목』[28].」

그는 자리를 떠서 『감정의 착란』을 찾아오더니, 내 카드 한 장을 받고 그 책을 내주었다. 나는 그를 기쁘게 해줄 양으로 그 책을 받았을 뿐, 읽을 생각은 전혀 없었고, 실제로 읽지도 않았다.

그날 저녁에 오빠가 여자 친구를 데려와서 셋이서 외식을 했다. 나는 감기 기운을 다스리느라고 〈데노랄〉을 먹어 둔 탓에 약간 몽롱한 상태에 있었다. 그래서 타이식으로 저녁을 먹은 그 시간 동안 기억에 뚜렷이 남는 거라곤, 오빠 친구 발레리가 프렌[29] 교도소 정

---

27 Stefan Zweig(1881~1942). 오스트리아 태생의 유대계 작가. 시, 소설, 전기, 희곡, 번역 등 다양한 분야에 많은 업적을 남겼다. 나치를 피해 브라질로 망명했다가 그곳에서 자살했다.

28 Amok. 살인 충동을 일으키는 정신 착란.

면에 〈맞은편보다 여기가 낫다〉라는 이름을 가진 레스토랑이 있다고 가르쳐 준 일뿐이었다. 나는 그 이름이 아주 기발하다고 생각했다. 그래서 그들이 나를 집에 데려다주고 난 뒤에, 바로 파니에게 전화를 걸어 그 얘기를 해주었다. 파니 역시 그 레스토랑의 이름이 아주 재미있다고 했다.

29 Fresnes. 파리 근교에 있는 도시. 교도소 소재지.

13

　나는 월요일까지 기다렸다가 츠바이크를 돌려주기
로 했다. 그때쯤이면 지젤이 다시 일을 할 것이고 그러
면 그녀를 대신하던 남자를 만나지 않아도 되리라고
확신했던 것이다. 그러나 운수 고약하게도 그 남자가
여전히 출납대를 지키고 있었다. 아니나 다를까 그는
내가 걱정하고 있던 것을 물어보았다. 거짓말은 또 다
른 거짓말을 부를 것 같아서, 나는 그 책을 읽지 않았다
고 사실대로 말했다. 그는 미간을 찌푸렸다. 그 표정을
보니까 서른 살을 더 먹은 뒤에 주름살투성이가 된 그
의 얼굴이 머릿속에 그려졌다. 그는 질책하는 뜻을 나
타내려는 듯, 자기 머리카락을 한 움큼 쥐었다 놓고, 말
없이 자리를 뜨더니 다른 책을 한 권 가져왔다. 도스토
옙스키의 『백야(白夜)』였다. 『지하로부터의 수기』가 뒤
에 붙어 있었다. 나는 이번에는 정말로 읽겠다고 약속

했다. 도스토옙스키라면 읽을 수 있을 것 같았다. 이미 『노름꾼』을 읽었고, 그 책을 무척 마음에 들어 했던 터이다. 특히 밑줄이 쳐져 있던 구절들을 말이다.

나는 그 청년에게서 매력을 느꼈다. 머리카락을 다루는 동작도 그렇고, 몸을 가볍게 흔들며 걷는 어벙한 걸음걸이도 무척 마음에 들었다. 그가 책을 좋아하고 문학을 사랑한다는 점과 도서관에서 자원봉사를 하고 있다는 점도 마음에 들었다.

우리는 가까운 날에 함께 커피를 마시러 가기로 약속하고, 그가 전화를 걸어서 약속 시간과 장소를 정하기로 했다. 『세계의 땅』에 실을, 〈파리는 여전히 살 만한 도시인가?〉라는 제목의 기사를 쓰고 나서, 나는 『백야』를 펼쳐 들었다. 장(章)들의 이름이 장이라 되어 있지 않고 〈첫날 밤〉, 〈둘째 날 밤〉 하는 식으로 되어 있었다. 나는 첫날 밤 8페이지에서 그 사람의 자취를 다시 발견했다 ― 그것을 찾겠다는 생각조차 안 하고 있었으므로, 딱히 누구의 자취라고 말할 수는 없겠지만.

밑줄 <u>젊은 여자이고 머리카락은 틀림없이 갈색이리라.</u>

문학을 전공하는 학생이 권해 준 책에 그런 식으로

밑줄이 그어져 있는데, 그걸 과연 우연이라고 말할 수
있을까? 아니, 그럼 밑줄 긋는 남자가 그 학생이란 말
인가? 아니면, 지젤이 맡고 있던, 밑줄 긋는 남자의 공
범 역할을 임무 교대의 일환으로 그 학생이 떠맡은 것
일까?

　어쨌든 그는 틀리지 않았다. 나는 갈색 머리의 여자
가 틀림없다. 나는 연필을 들고 잠시 게임을 했다. 그런
다고 나중에 문제가 될 일은 없었다.

〈정말 솔직한 얘기를 원하신다면 말씀드리죠. 여자들은 그
렇게 수줍어하는 모습을 좋아해요……. 그런데, 당신은 무슨
근거로 내가 당신의 관심과 사랑을 받을 만한 여자라고 판
단하신 건가요? 말씀해 보세요.〉

　그 사람: 아마 우리는 만나게 될 겁니다…….
　나는 밤새도록, 1주일 내내, 1년 내내 당신을 꿈꾸면서 지
낼 겁니다……. 이제부터 그 장소는 나에게 소중합니다.

　나: 〈나는 이야기를 나눌 사람, 조언을 구할 사람이 아무
도 없어요.〉

그 사람: 지금은 그것을 비밀로 해둡시다. 그러는 편이 당신에게도 좋을 겁니다. 꼭 그런 건 아니지만 크게 보면 그 얘기는 소설과 비슷한 데가 있을 거예요. 어쩌면 내일부터 당신에게 그것을 말할지도 모릅니다. 그러지 않을지도 모르고요……. 어쨌든 당신에게 먼저 이야기를 할 것이고 우리는 더 많은 것을 알게 되겠지요.

나: 〈당신에 관해 물어볼 사람이 없으니, 당신 자신이 모든 걸 자세히 이야기해 주셔야만 해요.〉

그 사람: 나는 할 이야기가 없습니다.

나: 〈어떻게 살았기에, 할 이야기가 없다는 건가요?〉

그 사람: 난 혼자 살았어요. 철저하게 혼자 살았지요. 그런데, 당신은 몽상가가 어떠한 건지 아세요?

나: 〈나 자신이 몽상가인걸요.〉

넷째 날 밤 새벽이 되자 나는 책을 덮고 연필을 책상 위에 놓았다. 정말 몽상을 하기에 딱 좋은 이야기였다.

나는 『지하로부터의 수기』는 한 줄도 읽지 않았다. 도서관의 그 젊은 남자에게선 전화가 없었고, 나는 두 주가 지나서 책을 돌려주었다.

나는 서서히 내 삶의 궤도를 되찾았다. 말하자면, 밑줄 긋는 남자도 없고 연필이나 지우개도 없으며 너무 허황된 구석도 없던, 예전의 삶을 되찾았다는 얘기다. 내 장래에도 조금은 관심을 가졌고, 일거리 두 가지를 새로 맡았으며, 아침에 욕실에서 들으려고 라디오도 한 대 구입했다. 잡지 기사를 쓰고, 파니와 루카를 만나고, 파니에게서 요리법을 배우고, 미슈 아저씨 집에서 점심을 먹고, 어머니와 저녁을 먹고……. 그러면서 두 달을 가뿐하고 그런대로 즐겁게 보내고 나니, 어느덧 3월이 닥쳐왔다. 다시 모든 것에 싫증이 났다. 요리도 살림도 귀찮게만 여겨져서, 하루 세 끼를 그저 버터 비스킷으로 에우고 말았다. 때로는 올리브기름에 담근 참치를 통조림통째 그대로 먹은 다음, 초콜릿 음료를 마시거나 개암 열매가 든 〈밀카〉 초콜릿을 먹거나 코트도르[30] 포도주에 우유를 타서 마시고, 다시 참치를 조금 먹곤 했다. 그러고 나면 〈모틸리옴〉 소화제를 먹

30 Côte d'Or. 〈황금 구릉〉이라는 뜻. 프랑스 중동부 부르고뉴 지방에 있는 도 이름이자 거기서 나는 포도주 이름.

기가 십상이었다. 나는 모든 일에 구역질이 났고, 하찮은 일상 잡사에 특히 더 신물이 났다. 세상 전체가 마뜩치 않았고, 누구든 만나기만 하면 뺨을 후려칠 것 같았다. 수위 아주머니에게 전혀 말을 건네지 않았고, 승강기 입구나 식료품 가게에서 라스카르 부인과 마주쳐도 이젠 인사를 하지 않았다. 나는 성미 고약한 여자가 되어 가고 있었고 아무와도 다정하게 지내지 못했다. 루카조차 자기 고추들에 대한 이야기로 나를 짜증 나게 했다. 나는 침대 정돈도 더 이상 하지 않았고, 옷을 다 입은 채 잠을 잤으며, 아파트 안을 치우지 않고 내버려 둬서, 스웨터며 양말이며 팬티며 잡지며 비닐봉지들이 여기저기 쌓여 있었고, 쓰레기통마다 쓰레기가 넘쳐흘렀다. 거친 곡물 가루로 쑨 죽도 전에는 독특한 맛이 있더니, 이젠 자벨 수(水)[31] 맛처럼 씁쓸하고 찝찔하기만 했다.

　사람들은 용케 마음의 균형을 잡으며 살아간다. 어떤 삶의 방식을 놓고 자신과 타협하고, 그것의 나쁜 면을 인정하되 좋은 면만을 보려고 애쓰면서, 아침마다

---

31 파리 자벨 마을에서 발견된 물이라 하여 붙여진 이름. 차아염소산염과 염화나트륨 또는 염화칼륨의 수용액으로 세척제, 표백제, 소독제로 쓰인다.

스스로를 달랜다. 다시 그것이 허사가 되면서 마음의 곡예는 계속된다. 내 삶이 바로 그랬다. 고통스러운 고독의 시간, 어쩔 수 없이 받아들이고 헤쳐 나가야만 할 시간이었다. 그렇게 3~4주가 흘러갔다. 영영 그 궁지에서 헤어날 수 없을 것만 같았다. 파니는 나를 위해 무엇을 해야 할지 더 이상 갈피를 못 잡고 있었다. 파니는 정신분석 요법 의사를 만나는 것보다 더 치료가 빠를 거라면서 어떤 심리 요법 의사의 연락처를 가르쳐 주었다. 그러나 나는 그 사람에게 한 번도 전화를 걸지 않았다. 그 사람 앞에 가서, 〈따분해요, 어떻게 해야 할지 모르겠어요. 따분해요, 어떻게 해야 할지 모르겠어요. 따분해요, 어떻게 해야 할지 모르겠어요〉라고 뇌까리고 있을 걸 생각하니 끔찍했다. 그건 미치광이 피에로 대신 의사를 상대역으로 하는 어릿광대 놀음일 뿐이었다. 플러시 천으로 된 착한 당나귀 레옹은 자기 나름대로 최선을 다하고 있었다. 레옹은 내 침대 한쪽을 차지하고 있다가, 내가 원할 때면 군소리 없이 내 품으로 들어와 커다란 잿빛 주둥이로 내 눈물을 닦아 주곤 했다. 자신이 모르는 어떤 사람을 잊기란 그토록 어려운 것이다.

무엇보다도 내가 아쉬워했던 것은 아마 꿈꾸는 일이

었을 것이다. 그래서, 어느 날 나는 마침내 어떤 서점을 둘러보기로 결심했다. 서점 안에는 뭐든지 있을 거라는 생각이 들었다. 내 삶이 탐탁지 않기로서니, 그게 무슨 상관이랴. 서점에 가면 다른 삶들이 지천으로 널려 있지 않은가. 나는 이미 갖고 있던 것과 다른 판으로 나온 『새벽의 약속』과 『솔로몬 왕의 고뇌』, 『파리는 하나의 축제』, 『사랑의 안식처』, 『너무 시끄러운 고독』, 『유럽 교육』을 샀다. 나는 그 책들을 두 무더기로 나누어, 『솔로몬 왕의 고뇌』, 『새벽의 약속』, 『유럽 교육』으로 이루어진 첫 번째 것은 침대 머리맡 탁자 위에 놓고, 나머지는 책상 위에 놓았다.

첫 번째 무더기를 헐기 전에, 나는 만년필과 종이를 꺼냈다. 그 사람에게 편지를 쓰는 것이 가장 간단한 방법이라는 생각이 들었던 것이다.

14

받아 주세요.

당신을 만날 기회를 갖지 못했기에 이렇게 편지를 씁니다. 당신은 몇 달 만에 제 삶을 완전히 포위해 버렸어요. 저는 당신을 꿈꾸며 기다리기 시작했고, 우리의 만남을 준비하며 많은 일을 했지요.

그러나 당신은 오지 않았어요.

당신은 우리의 관계를 흔해 빠진 우발 사건 이상의 것으로 만들기 위해, 한 쌍의 남녀를 일상의 삶과 연결해 주는 기본적인 일들을 외면했어요. 나는 당신이 누구인지, 어떻게 살아가는지 여러 차례 물어보았지만, 당신은 〈이제 나는 사고무친의 외돌토리가 되었다〉라는 말밖에는 아무 대답도 하지 않았지요. 당신의 아픈 곳을 찔렀다면 용서하세요. 그러나 당신이 외롭다지만 당신만 그런 건 아닙니다. 세상 사람 모두가 다 외로워요. 그리고 그게 하루아침에 달라질 일도 아니고요. 나 역시 외돌토리예요.

당신이 쓰고 있는 신비의 너울은 처음엔 엄청난 힘으로 내 마음을 사로잡았지요. 하지만 얼마 안 가서 나에게 기쁨을 준 것만큼이나 나를 짜증 나게 했어요. 당신은 스스로를 어떤 사람이라고 생각하시는지요? 나는 완전히 속았다는 느낌을 지울 수가 없어요. 당신의 태도를 도저히 이해할 수 없어요. 당신이 주장했던 대로, 나는 하나밖에 없는 당신의 여자였어요. 혹시 당신은 나를 먼발치에서 보고, 생각을 바꾼 건 아닌가요? 당신이 상상하던 것에 비해 내가 너무 그렇고 그런 여자이던가요? 음울한 삶에 흥취를 불어넣으려고 그 사랑 놀음을 꾸민 건 아닌가요? 아니면 당신은 소설가입니까? 내가 당신을 위해 실험용 흰쥐 노릇을 했던 건가요?

내가 당신을 속인 건 사실이에요. 하지만 당신은 내가 그러지 못하도록 막았어야 해요. 나는 당신을 잊으려고 노력했어요. 그건 힘들지 않은 일이면서 동시에 아주 힘든 일이었어요. 별로 힘들지 않았던 까닭은, 내가 당신의 얼굴을 손으로 감싸 보거나 품에 껴안아 본 적도 없었고, 당신이 나를 안아 줘 본 적도 없어서, 당신의 살결이나 살 냄새를 모르고 있었기 때문이고요. 아주 힘들었던 까닭은, 당신이 모습을 드러내지 않고도 내 삶 안에 커다란 자리를 차지했기 때문이에요.

결국 나는 당신을 진정으로 잊지는 못한 셈이군요.

당신이 누구인지 말해 주기를 거부하고, 언제부턴가는 아무 일도 시도하지 않고 있으니, 내 쪽에서 먼저 내가 누구인지를 말하려고 합니다. 그럼으로써 당신은 설령 나를 사랑하게 되지는 않을지라도 나를 알고 판단할 수 있게 되겠지요.

당신이 알고 있는 대로, 나는 젊은 여자이고, 몽상적인 데가 있으며, 갈색 머리이고, 혼자예요. 산다는 것이 내겐 아주 두려워요. 나는 이렇게 사는 삶의 끝이 어디인지, 이 모든 습관과 몸짓이 나를 어디로 이끌고 가는지 잘 모르고 있고, 아직 내가 존재하지 않는다는 느낌을 버리지 못하는 단계에 있어요. 하지만 지금 이 순간, 나는 존재해요. 이 종이 위에 묻은 이 잉크가 꿈은 아닐 테니까요. 솔직히 말해서 나는 홀로 자족하며 살지는 못할 것 같아요. 말하자면 불완전한 사람이지요. 그래서 나를 채우고 완전하게 하기 위해, 진정으로 살기 위해, 나는 다른 사람을 원해요. 내가 전혀 할 줄 모르는 것을 할 줄 아는 어떤 사람, 그리고 흔히 하는 말로 나를 사랑해 줄 어떤 사람이 내겐 필요해요.

나는 당신과는 달리 책읽기를 그다지 좋아하지 않아요. 그건 분명해요. 대부분의 책들이 나를 따분하게 만들어요. 하지만, 나는 영화는 무척 좋아해요. 샤를 데너와 마르트 켈러가 주연하고 를루슈 감독이 만든 「한평생」, 「여자들을 사랑한 남자」, 「애수」, 「로슈포르 아가씨들」, 아니 지라르도가 주연한 「위르실과 그럴뤼」 등과 같은 슬픈 영화들을 대체로 좋아하고, 「크리스마스트리」와 「시네마 천국」도 좋았어요. 로미 슈나이더[32]라면 어떤 영화에 출연하든 다 좋아하고, 「내가 사랑한 마녀」에서 보여 준 색다른 면모도 마음에 들었어요. 또 나는 델페슈와 잔 모로와 아즈나부르(「우리는 베론에 간다」, 「난 아무것도 잊지 않았어」 등)의 노래도 즐겨 들어요. 나는 선거인 카드를 받고도 투표를 해본 적이 없으며, 운전 면허증은 있지만 차는 가지고 있지 않아요. 나는 향기로운 비누를 무척 좋아해서, 욕실 서랍 안에 비누들을 꽤 많이 모아 놓았어요. 미술관에는 거의 안 가는

32 Romy Schneider(1938~1982). 오스트리아 출신의 여배우.

편이고, 〈르 봉마르셰〉 백화점 식품부를 빼고는 백화점에도 여간해서 가지 않아요. 송아지 간이나 그것과 비슷하게 생긴 거면 뭐든지 다 싫어해요.

나는 혼자 살고 있고, 부엌 찬장에는 버터 비스킷, 〈무슬린〉 퓌레, 개암 초콜릿, 올리브기름에 담근 참치가 들어 있어요. 나는 이탈리아인의 피가 섞이지 않았는데도 올리브기름을 무척 좋아해요. 나는 유대인이지만 욤 키푸르[33]만 빼고는 유대교의 의례를 지키지 않아요. 그러나 욤 키푸르마저도 해에 따라 지키기도 하고 안 지키기도 하지요. 나에겐 플러시 천으로 된 장난감 당나귀가 있는데, 이름은 레옹이고 다리 끝이 연한 낙타색일 뿐 온통 잿빛이에요. 레옹은 다리를 쭉 펴서 재면 키가 1미터 20센티 가까이 돼요. 나는 메닐 센터로부터 5분 걸으면 닿는 곳에 살고 있고, 순한 필터 담배를 하루에 열 개비가량 피우고 있어요. 나는 복권을 사지 않으며 손톱을 깨무는 버릇을 가지고 있어요. 사람들은 내가 예쁘다고 하는데, 내 친구들 중에는 나보다 예쁜 사람들이

---

33 Yom Kippur. 히브리어로 〈속죄의 날〉이라는 뜻. 유대력 티슈리달의 10일에 지키는 유대교의 중요한 행사일. 단식을 하면서 하루 종일 회당에서 참회의 기도를 한다.

많아요. 특히 파니가 아름답지요. 당신이 그 친구들을 모르는 것은 바로 당신 탓이에요. 당신이 모습을 드러내기만 했어도 그런 일은 없었겠지요. 나는 얼마 전부터 새로 나온 5프랑짜리 동전을 모으기 시작했어요. 오늘까지 벌써 열두 개를 모았어요. 내가 보기엔 5프랑짜리 동전이 모든 동전들 중에서 가장 예쁜 것 같아요. 나는 주로 청바지에 운동화 차림으로 다니고, 머리카락은 나 혼자 잘라요. 내 생활은 아주 초라하고, 나는 거의 똑같은 일을 매일 되풀이해요. 당신은 어떠한가요? 당신의 생활은 어떠한지요?

답장해 주세요. 꼭 답장해 주시면 좋겠어요. 당신의 대답이 없으면, 그 사실로부터 나 나름대로 결론을 지을 거예요.

더 이상 뭐가 뭔지 모르겠어요. 내 나이만 겨우 생각이 나요.

나의 밤과 낮이 당신을 기다리고 있어요.

당신의 콩스탕스

나는 종이를 접어 정성스럽게 봉투에 담고, 겉봉에 〈파리 75116, 메닐가 45번지, 메닐 센터, 자크 프레베르 도서관, 지젤 앞〉이라는 주소와 함께, 〈받을 만한 이에게 전해 주시면 고맙겠습니다〉라는 말을 써넣은 다음, 2프랑 50상팀짜리 우표를 한 장 붙였다. 나는 편지를 부치러 아래로 내려갔다 ── 운 좋게도 우리 건물 바로 앞에 우체통이 있다.

편지를 부치고 다시 올라와서 나는 오디오를 켜고 노래를 들었다. 수숑의 「둘이서 하나 되어」였다. 〈이제나 홀로 남으리 / 기쁨은 사라지고 / 이따금 책을 들추고 / 진정제로 고통을 달래며 / 흐르는 세월 따라 죽어가겠지…….〉 그 노래를 열 번은 듣고 나서야, 분발해서 뭔가를 해야겠다는 생각이 들었다. 그러자면 어떤 목표가 있어야 했는데, 나는 금방 목표 하나를 생각해 냈다. 그것도 아주 그럴듯한 것으로. 에밀 아자르의 사진 한 장을 구하자는 것이 그 목표였다. 나는 예전에 아자르의 사진을 산 적이 있었던 〈로제 비올레〉 고(古)사진 대리점을 다시 찾아갔다. 진열장에는 프랑스 철도를 찍은 음화(陰畵)들이 잔뜩 있었다. 그 사진들은 바야흐로 문제가 되고 있는 어떤 사건과 관련이 있음에 틀림없었으나 그게 무엇인지 나는 몰랐다. 나는 꾸물거리지 않고 가게 안으로 들어갔다. 아자르 사진이 종류별로 다 있었다. 젊었을 때 비행기 앞에서 찍은 사진, 30대와 40대 모습, 머리가 반백이 되어 있고 두툼한 스웨터를 등에 걸치고 있는 60대 모습.

나는 그의 가장 행복한 모습이 담긴 사진을 샀다. 저작권 사용료를 물지 않으려고 단지 개인적인 용도일 뿐이라고 설명을 했지만, 발행 부수가 1천 부도 안 되는 어떤 잡지를 위한 최소한의 저작권 사용료, 즉 138프랑 50상팀을 지불해야만 했다. 나는 가게에서 나와 곧장 나무 사진틀을 사고, 뭔가 하루를 훌륭하게 보냈다는 느낌을 가지며 집으로 돌아왔다. 그 사진을 아파트 안의 모든 벽에 대보고 나서, 침대 위 아자르의 다른 사진 옆에 그것을 걸었다. 역시 거기보다 더 좋은 장소가 없었다.

15

다음 날, 우편함을 살펴보니 도서관에서 통지서가
와 있었다. 지난번 것과 똑같은 내용이었다. 〈가능한
한 이른 시일 내에 그 도서를 돌려주시기를 부탁드립니
다〉 운운. 〈참조: 앙드레 지드, 『여자의 학교』〉 내가 그
책을 돌려준다 한들, 도대체 뭐 그리 대단한 도움이 된
다고 이 야단일까? 그래서 달라질 일이 뭐란 말인가?
그렇게 어깃장 놓고 싶은 마음도 없지 않았지만, 공공
재산 절취 혐의로 고발당하고 싶은 생각은 추호도 없
었다. 그래서 나는 그날로 도서관에 갔다.

지젤을 만나 보니, 몸이 10킬로그램은 불은 것 같았
다. 특히 얼굴에 살이 많이 쪄서, 뺨의 생김새가 예전
같지 않았고 눈도 3분의 1 정도는 작아 보였다. 나는
지젤에게 책을 내밀면서 털어놓기를, 사정이야 어찌 되
었든 내가 책을 가지고 있었던 건 사실인데 빨간 볼펜

으로 줄을 그어 놓은 것 때문에 감히 돌려줄 엄두가 나지 않았었다고 말했다. 지젤은 〈괜찮아요〉라는 말만으로 그 일을 마무리 짓고, 나에게 자기가 임신 5개월째에 접어들었다고 알려 주었다. 나는 〈누구 앤데요?〉라는 말이 목구멍까지 올라오는 것을, 그건 예의가 아니다 싶어 꾹 눌러 참았다. 사실대로 말하자면, 지젤의 얼굴과 몸매로는 다른 건 다 할 수 있어도 사랑을 불러일으키기는 어려울 듯싶었다. 몸은 비뚜름하게 자란 소녀 같고, 가냘픈 종아리에 장딴지도 빈약한데, 팔은 지나치게 길고, 이마에 늘어뜨린 머리털은 약간 비스듬하게 잘려 있었다. 늘씬하냐 하면 그것도 아니고, 키가 1미터 60센티 정도 되니, 작고 비쩍 마른 아가씨란 소리를 듣기가 십상일 터였다. 게다가 턱은 아주 빨고, 살갗은 나이에 걸맞지 않게 윤기가 없어 보였다. 그렇다 해도 그녀가 어떤 사내를 만나 운우지락을 나누었다는 사실을 믿지 않을 도리가 없다. 그걸 안 믿으면, 성령의 힘으로 동정녀가 잉태했다는 얘기를 믿어야 할 테니 말이다. 표정으로 보아 지젤은 아직 내 편지를 받지 않은 것 같았다. 우편이 신속하다더니, 그것도 빈말인 모양이다.

지젤은 나보고 어떻게 지내느냐고 물었다. 나는 스

스로에게 확신을 심어 주기 위한 것인 양, 잘 지낸다고, 아주 아주 잘 지낸다고 대답했다. 나는 사람들을 바라보면서 서가 사이의 통로들을 잠시 돌아다녔다. 흰 머리를 바싹 깎고 작은 안경을 쓴 노인이 있는데, 회색 레인코트 차림에, 얼굴은 엄지발가락 때문에 불거진 구두만큼이나 하관이 빨았다. 상당히 늘씬하고 머리가 황갈색인 어떤 여인은, 아주 긴 스코치 치마와 에나멜을 입힌 검은 무도화, 그리고 감색으로 어깨를 강조한 커다란 초록색 윗옷과 영국식으로 수를 놓은 블라우스 차림에, 한 손엔 작은 안경을 다른 손엔 신문을 들고 있었고, 입술은 선홍빛으로 발랐으며, 눈동자는 파랬다. 〈철학〉부 서가 앞에는 청바지에 운동화에 배낭 차림을 한 고교생 세 명이 모여 있는데, 나이는 많아야 열일곱이었고, 서가 가장자리에 책들을 쌓아 놓고 조사에 열중하고 있었다. 빈 비닐 가방을 손에 들고 있는 한 여자 노인은 머리를 뒤로 묶었는데, 반백의 머리에 비해 끈의 색깔이 너무 짙어서 금방 눈에 띄었다. 나이를 가늠할 수 없고 얼굴이 통통한 어떤 남자는, 한쪽으로 빗어 넘긴 머리에, 골이 성긴 낙타색 코듀로이 바지, 뜨개질한 스웨터, 마오 깃[34]이 달린 쪽빛 셔츠, 끈 달린 베이

34 세운 깃. 중국 마오쩌둥의 이름에서 유래.

지색 구두 차림을 하고, 주머니에 손을 넣은 채 바닥을 줄곧 내려다보고 있었다. 나는 책에는 손도 안 대고, 나가기 전에 지젤이나 잠깐 보려고 출납대로 돌아왔다.

「지드 책을 돌려준 것은 정말 잘한 일이에요. 그 책은 투르농 도서관으로부터 우리가 인수한 장서에서 나온 거예요. 그 도서관은 우리 도서관이 문을 열던 해, 그러니까 1982년에 문을 닫았지요. 우리는 보조금이 적어서 1년에 60권 내지 70권밖에 구입할 수가 없어요. 생각해 보세요, 프랑스에서 해마다 쏟아져 나오는 책들이 얼마나 많은데, 겨우⋯⋯.」

그녀가 내 측은지심을 자극하느라고 그런 소리를 하진 않았을 것이다. 하지만, 그 순간 나는 정말 안쓰러운 생각이 들었다. 내가 파리 시장이었다면, 뭐든지 다 주었을 것이고, 메닐 센터에 2백만 프랑의 융자금을 내 주었으련만. 내 깜냥으로 도움을 줄 수 있는 거라고는, 〈일반 회원〉에서 〈후원 회원〉으로 넘어가는 일뿐이었다. 그렇게 하자면 2백에서 3백 프랑이 더 필요했다. 장담하건대, 그 순간 내가 수표책을 지니고 있었다면 나는 그 일을 실천에 옮겼을 것이다.

지젤 앞을 떠나면서, 나는 〈그 애는 딸일 거예요〉라고 말해 주었다. 그러자 그녀의 얼굴이 대번 환해졌다.

그녀의 마음을 정확히 읽어 낸 것이다. 나도 뭔가 쓸모 있는 일을 한 셈이었다.

이튿날, 지젤이 나에게 전화를 걸어왔다. 너무 뜻밖의 일이어서, 처음 얼마 동안은, 파니가 장난칠 사람이 아니라는 걸 알면서도, 그녀가 날 놀리느라고 그런다고까지 생각했다. 지젤은 자기가 편지를 어떻게 처리해야 하느냐고 물었다. 나는 그 일은 우리만 아는 걸로 하자고 부탁하고, 그녀가 도서관의 다른 회원들을 잘 아니까 틀림없이 뭔가 좋은 생각을 해낼 거라고 대답했다. 지젤은, 뭔가를 잊고 있다가 뒤늦게 생각해 낸 사람의 어조로 최선을 다하겠다고 말하고, 〈딸을 낳으면 콩스탕스[35]라고 이름을 지을래요, 아가씨 이름처럼요. 아주 예쁜 이름이잖아요?〉라고 덧붙였다. 나는 무척 흐뭇했다. 내 이름에 대해 칭찬하는 말을 들은 것은 그때가 처음이었다. 전화를 끊고 나니 기분이 좋았다. 내 운명을 착한 사람의 손에 맡겼기 때문이었다. 아이를 임신한 여인은 오로지 착한 생각만을 하는 법이다. 거기엔 의심의 여지가 없다.

그 일이 있고 나서, 거의 한 달이 다 가도록 아무 일도 일어나지 않았다. 날씨는 한결 푸근해지고 봄이 성

35 Constance. 〈변함 없음, 한결같음, 항상성〉이라는 뜻.

큼 다가와, 나무들은 신록을 짓고 나는 스카프를 두르지 않은 채 외출하고 있었다.

4월 22일, 어찌된 영문인지도 모른 채 나는 편지 한 통을 받았다. 곤잘레스 아주머니가 편지를 직접 전해 주었다.

「어떤 남자가 전해 주라던데.」

「어떻게 생긴 남잔데요?」

「젊고, 머리카락은 갈색인 편이고, 키가 1미터 80 정도고, 눈은 초록색이고.」

바야흐로 그 사람에 대해 더 많이 알 수 있는 기회가 열리고 있었다. 나는 수위 아주머니에게 고맙다는 인사를 하며 문을 닫은 다음, 입고 있던 옷을 재빨리 벗고 파란 가운을 걸쳤다. 그 사람의 가운이었다.

나는 편지를 개봉했다. 글씨체는 둥그스름하고 정성스러워서 마치 여자가 쓴 듯했다. 가로획을 아주 크게, 45도 각도로 비스듬하게 그은 t 자의 생김새가 특이했다. 그 필체를 보니 뭔가가 생각날 듯 했지만, 떠오르지는 않았다. 어쨌든 그렇게 생긴 t 자는 처음 보는 것 같았다. 파니의 얼치기 필적학적 분석에 따르면, 그런 t 자는 〈개방적이고 의지력이 강하며, 기분의 변화가 아주 심하고, 때로는 바보스러울 정도로 고집을 부리는 성

격)을 보여 주는 것이라 했다. 편지는 〈삼가 올립니다〉
라는 말로 시작되고 있었다. 한껏 경의를 표하고 있는
셈이었다.

삼가 올립니다.
그렇습니다, 제가 죄인입니다. 당신의 인내를 무리
하게 요구한 제가 죄인입니다. 당신이 저와 함께 나
그네길을 떠날 준비가 되어 있다는 사실을 제때 깨
닫지 못했으니 제가 죄인입니다. 하지만 믿어 주십
시오. 제가 그 점을 당신만큼이나, 아니 당신보다 더
안타깝게 생각하고 있다는 사실을 말입니다.

당신은 그 뒤를 잇는 다음 일이 있기를 바라십니
까? 걱정하지 마십시오. 다음 일이 있을 것입니다.
분명히 있을 것입니다. 다만 〈모든 걸 느긋하게 즐겨
야 한다〉는 점을 기억해 주시기 바랍니다. 그날은
올 것입니다. 그날이 되면, 우리는 서로 만날 것이고,
연필이나 볼펜 밑줄을 매개로 한 사랑과는 다른 사
랑을 하게 될 것입니다. 우리에게 남은 온 생애, 모든
세월이 우리의 것이 될 것이고, 우리를 위한 것이 될
것입니다. 우리에게 시간은 충분합니다. 지금은 서
막을 즐길 때입니다. 우리를 위해 조용히 열린 이 경

이로운 서막을 마음껏 즐기십시오. 그것이 제 본심입니다.

꿈꾸십시오, 제가 당신을 꿈꾸듯이 저를 꿈꾸십시오. 머지않아 삶이 우리를 품에 안아 줄 것입니다. 저는 이 서막에 애착을 느끼고 있습니다. 그러나, 안심하십시오. 그건 그저 서막일 뿐입니다.

당신의 글을 읽고 기뻤습니다. 제 마음을 아프게 하는 말들이 몇 군데 있기는 했지만 말입니다. 저는 당신이 저에게서 느낀 것이나 제가 당신에게서 느낀 것 중, 좋은 것, 아름다운 것, 그리고 사랑만을 간직하렵니다. 당신을 사랑하기 때문입니다. 믿어 주십시오.

오늘날엔 뭐든지 빨라지고 덧없이 소진됩니다. 그러나 우리에겐 그런 일이 일어나지 않기를 바랍니다. 제 마음을 이해해 주시리라 기대합니다.

조금 더 기다려 주오, 콩스탕스. 행복이 에움길을 따라 천천히 오도록 내버려 두어요. 꿈을 꾸어요, 그래요, 꿈을 꾸어요. 꿈꾸기를 중단하지 말아요. 그것은 세상에서 가장 아름다운 일이고, 하늘의 선물이에요. 나의 콩스탕스, 하늘이 주신 선물이여.

당신의, 밑줄 긋는 남자로부터

서간문에 대해서 잘은 몰랐지만, 그 편지에 대한 나의 첫인상은 거의 실망에 가까웠다. 과장이 섞인 문체였다. 〈하지만 믿어 주십시오. 제가 그 점을 당신만큼이나, 아니 당신보다 더 안타깝게 생각하고 있다는 사실을 말입니다〉와 같은 루이 14세 시대풍의 하찮은 표현에다, 〈지금은 서막을 즐길 때입니다〉와 같은 거드름의 찌꺼기, 게다가 〈제가 당신을 꿈꾸듯이 저를 꿈꾸십시오〉는 또 뭐란 말인가, 맙소사…….

　밑줄 긋는 남자가 밑줄을 그은 진짜 이유가 무엇인지 의심스러워지기 시작했다. 감동적인 글, 아름다운 글은 아무나 쓸 수 있는 것이 아니고, 거창한 말일수록 실속은 없는 법이다. 밑줄 긋는 남자는 말을 온당하지 못하게 사용하는 사람이었고, 보잘것없는 세계에 속해 있으면서도 자기가 〈못난 사람〉이 아니라는 것을 확인하려고 다른 세계를 넘보며 뛰어드는 그런 부류의 사람이었다. 그는 소박함과 용렬함이 전혀 다른 것임을 이해하지 못하고 있었다. 혹시 그 사람은 스스로를 플로베르나 빅토르 위고나 『기러기』의 뒤퐁 들라로슈푸코쯤으로 여기고 있는 것이 아닐까? 나는 그에게 거창한 말을 요구하지 않았다. 〈하늘이 주신 선물〉이라고? 자다가 봉창을 두드려도 유분수지.

그래도 곤잘레스 아주머니가 이미 알려 준 정보들이 있었다. 그것들은 그리 실망스럽지 않은 편이었다. 나는 편지를 여러 번 되풀이해서 읽었다. 다시 읽을 때마다 나의 엄격한 태도를 조금씩 누그러뜨렸다. 나는 편지를 파니, 어머니, 아버지 등 모두에게 보여 주었다. 아래층 라스카르 부인과 곤잘레스 아주머니에게도 보여 주었다. 모두들 편지가 아주 훌륭하다고 했다. 아버지는 〈그 친구, 너를 진정으로 대하고 있구나〉라고 말하기까지 했다. 하긴, 〈당신을 사랑합니다〉라는 말을 들어 본 것도 참으로 오랜만이었다. 그 정도면 스스로를 자랑스럽게 여길 만한 이유로 부족함이 없었다. 나는 그날로 메닐 센터에 가서, 감사의 뜻으로 지젤을 껴안아 주었다. 그가 말한 〈서막〉과 〈에움길〉을 생각해서 지젤에게는 아무것도 묻지 않았다. 수표책을 가져갔던 터라, 나는 3백 프랑을 숫자와 문자로 썼다. 누구나 문화 진흥에 일조를 해야 하는 것이다. 지젤은, 출산을 3개월 앞둔 여자의 미소답게 예쁜 미소를 지어 나에게 고마움을 나타내고는, 〈딸이에요. 초음파 검진으로 확인했어요〉라고 말했다. 그 말을 듣자, 나는 두 가지 이유로 스스로가 자랑스럽게 여겨졌다. 지젤은 자기 딸의 이름을 콩스탕스라고 지은 것에 대해 후회하지 않으리라.

나는 지젤이 추천해 주는 대로 독서를 다시 시작했다. 그녀가 추천한 책은 『여인의 빛』이었다. 내가 나의 취향에 대해 말해 줬더니, 밑줄 긋는 남자는 그것에 맞추어 교제의 방향을 잡은 모양이었다 ─ 참 자상하기도 하시지! 나는 파란 천을 써서 옛날 식으로 장정한 그 책을 집었다. 결이 우툴두툴한 참으로 아름다운 빛깔의 천이었다. 그 파란색은 아직도 눈에 선하다. 나는 초록색 눈에 갈색 머리를 한 어떤 젊은 남자가 열람실 쪽으로 지나갈 경우를 생각해서, 거기에 자리를 잡았다. 이미 읽은 책이지만 10페이지까지 다시 읽다가 집으로 돌아왔다. 『여인의 빛』은 그런 공공장소에서 읽을 책이 아니다. 그 책을 읽으려면 아늑함, 즉 집과 침대가 필요하다. 그래서 나는 침대에 다리를 쭉 뻗고 누워 베개를 밑에 괴었다. 그리고 책을 읽는 중에 나타나게 될 너무 어려운 순간, 혐오감이 이는 순간, 아름다운 순간들에 대비해, 비스킷 한 갑을 갖다 놓았다.

38페이지에 밑줄 친 구절이 나타났다. 지젤은 분명히 나와 한패였다.

나에겐 여성이라는 고향이 있었기에 더 이상의 탐색이 필요할 리 없었다.

그리고 더 나아간 곳에는,

이 세상에 〈더러운 년〉이라는 소리를 들을 여자는 하나도 없
다. 그건, 그 여자를 사랑하지 않기에 하는 소리다.

바로 그 대목을 읽던 순간에, 왠지 모르게 두 문장의
연필 밑줄이 서로 다르다는 느낌이 어렴풋이 들었다.
첫 문장에 그어진 밑줄은 두 번째 것에 비해 더 가늘고
더 날렵하게, 책에 닿을 듯 말 듯하게 손을 든 채로 그
은 듯했다. 그와 반대로 두 번째 밑줄은 더 진하고 두
툼한 연필심으로 그은 것이었다. 게다가 두 밑줄의 끝
부분에 담긴 활기와 생동감도 서로 달랐다.

52페이지부터는 모든 문장에 다 밑줄이 그어져 있
었다. 첫 문장에 사용된 연필로 그은 밑줄이었다. 또다
시 나는 이해할 수 없는 일을 숙제로 안게 되었다. 소설
의 줄거리는 여전히 잘 이해하고 있었지만, 그것이 〈우
리〉 ─ 밑줄 긋는 남자와 나 ─ 와 무슨 관련이 있는
지는 알 수 없었다. 밑줄 긋는 남자의 편지를 읽음으로

써 그 일에 대한 나의 생각이 달라진 게 문제였는지도 모른다. 『여인의 빛』의 마지막 페이지에서 다음에 읽을 책 이름을 찾아냈다. 그것은 놀랍게도 『백야』였다. 사정이 그렇게까지 되고 보니, 나는 더 이상 뭐가 뭔지 알 수 없게 되어 버렸다. 그 사람은 새로운 구절에 밑줄을 긋기 위해서 예전의 밑줄을 다 지웠단 말인가. 나는 꾹 참고 게임을 좀 더 하기로 했다. 그런데, 밑줄이 쳐진 구절은 지난번과 똑같았다. 새로이 밑줄이 쳐진 곳은 한 군데도 없었다. 기가 찰 노릇이었다.

나는 밑줄 긋는 남자에게 다시 편지를 썼다. 그 편지를 지젤이 그에게 전해 주었고, 나는 읽어야 할 책에 대한 새로운 지시들을 받았다. 그가 새로이 추천한 책들은 가리의 작품들이었다. 오로지 가리의 책들뿐이었다. 나는 더 이상은 그의 지시를 따를 수가 없었다. 가리가 쓴 책은 서른한 권밖에 안 되기 때문에, 나중을 위해서 그 책들을 아껴 두어야만 했던 것이다. 뭔지도 모르는 어떤 것을 구실로 당장에 모든 걸 탕진할 수는 없는 노릇이었다.

16

시간이 흘렀다. 흐르는 게 제 장기(長技)라도 되는 듯 그렇게 흘렀다. 그러던 어느 날 〈그〉가 나에게 전화를 걸어왔다. 그 첫 통화는, 솔직히 말해, 아주 실망스러웠다. 그의 목소리가 내가 상상하던 것과 아주 달랐기 때문이다. 파란 가운이 그 사람에겐 영 어울릴 것 같지 않았다. 그의 목소리엔 아직도 앳된 억양이 남아 있었다. 나 역시 별로 나이가 든 건 아니지만, 그래도 내가 꿈꾸던 것은 소년의 음성이 아니라 남자의 음성, 진짜 남자의 음성이었다. 그가 데이트를 제안하자, 일거에 매력이 사라져 버렸다. 우리는 평범한 세계, 표준적인 세계로 돌아와 있었고, 그는 아무 남자라도 할 수 있는 일, 즉 여자에게 무얼 마시는 게 좋겠느냐고 묻고 나서 그걸 갖다 주고, 카페 탁자 위에서 여자의 손을 잡거나 여자에게 장미 한 송이를 선물하는, 그런 일을 하려 하고 있었다.

이야기는 이제 특별할 것도, 엉뚱할 것도, 이상야릇할 것도 전혀 없었다. 그러나 그게 바로 내가 그토록 기다려 온 〈다음 일〉이었다. 그러니 조금이라도 그 일을 겪어 본 연후라야 그 모든 것을 마무리 지을 수 있을 것 같았다.

그가 나에게 전화를 했던 것은, 내가 가리의 책을 더 이상 가져가지 않는다는 사실을 지젤이 그 사람에게 귀띔했기 때문일 것이다. 그는 나를 잃는다는 사실에 갑자기 두려움을 느꼈던 것이리라.

그의 전화를 받은 것은 어느 날 밤의 일이었다. 나는 그 사람에게서도, 다른 어떤 사람에게서도 전화가 걸려 오리라고 기대하고 있지는 않았다. 나는 자주 그랬던 것처럼 그날 밤도 전화기 번호판을 누르며 장난을 치고 있었다. 그것은 사랑의 말들을 번호판에 대입하여 8자리의 전화번호를 만들어 내는 놀이[36]였다(예를 들어, 〈I love you〉는 45 08 39 08이 된다. 같은 뜻의

---

36 전화기 번호판에는 숫자와 문자가 함께 들어 있는 것이 있다. 그 경우, 문자 abc는 숫자 2에, def는 3에……라는 식으로 차례로 대응하며, 문자 O는 따로 숫자 0과 대응한다. 그 점을 이용하면, 짤막한 문장을 구성하는 문자들을 차례차례 숫자로 바꿈으로써 문장을 번호 형태로 재구성할 수 있다.

〈Je t'aime〉는 숫자가 일곱 개밖에 대응되지 않아 8자리 번호를 만들 수 없다. 물론, 번호 첫머리에 4를 붙인다면 45 38 24 63으로 만들 수는 있다. 반면에 〈Il m'adore〉[37]는 45 62 36 73으로 쉽게 만들 수 있다). 그런 다음에, 나는 전화번호 안내원에게 전화를 걸어, 내가 지어낸 아주 까다로운 이름을 대면서 전화번호를 물었다. 그날 밤에 내가 꾸며 낸 성은 바르팔뤼였다. 이름은 모리스로, 주소는 파리 제마프로(路) 32번지로 했다. 내가 그런 식으로 물으면, 교환원은 이 세상에 존재하지 않는 자의 성과 이름을 반복해서 말하곤 했다. 나는 그 소리를 듣는 것이 좋았고, 아직도 무척 좋아하고 있다. 한 번 전화할 때마다 3프랑 60상팀이 들지만, 그 일은 나를 즐겁게 한다. 사람은 누구나 자기가 할 수 있는 일을 하며 살게 마련이다.

어찌 보면, 이 세상 어디 간에 모리스 바르팔뤼, 또는 와아드 팔라펠, 아무푸, 이고르 포스티토비치 같은 이름을 가진 사람이 없으란 법도 없다.

그런데, 교환원과 통화를 끝내고 난 뒤에 이내 전화벨이 울리기 시작했다. 덜컥 겁이 났다. 사람들이 정말 바르팔뤼라는 사람을 찾아낸 게 아닐까? 그 성은 어쩌

37 〈그이는 나를 무척 사랑해〉라는 뜻.

면 프랑스 남부 지방에는 아주 흔한 것일지도 모르잖
아? 그들이 그 바르팔뤼라는 사람에게 전화를 걸고 나
서 나에게 연결시켜 주려고 그러는 걸 거야. 그런 생각
을 하면서 나는 송수화기를 들었다.

내 통화자는 스스로를 〈연필을 가진 남자〉라고 소개
했다. 만일 목소리가 그럴싸했다면 나는 그 말을 아주
기분 좋게 받아들였을 것이다. 멜빵바지를 입은 계집
아이가 자기를 〈파탈〉[38]이라고 소개하는 장면을 상상
해 보라. 그 아이의 말을 어떻게 믿을 수 있겠는가. 연
필을 가진 남자도 꼭 그런 격이었다. 그의 목소리는 앳
되고 콧소리가 약간 섞여 있었으며, 드레지지도 새되지
도 않은 그저 평범한 음성이었다. 〈정말 뜻밖이에요〉
라는 말 다음에 나온 나의 첫 대꾸는 〈몇 살이세요?〉였
다. 그는 〈아가씨와 거의 비슷합니다〉라고 대답하고,
〈우리 만납시다〉라고 멋대가리 없는 말을 덧붙였다.
자기가 약간 들떠 있음을 알리려고 애는 쓰고 있었지
만, 연극 같고 작위적인 구석이 있어서 전혀 감동이 일
지 않았다. 그래도 나는 동의를 했고, 그는 약속 장소
며 시간의 결정을 내게 맡겼다. 나는 그런 태도가 마뜩

38 Fatale. 1992년에 나온 프랑스 영화 「파탈」의 여주인공. 남자 친
구와 그의 아버지를 동시에 사랑하는 불륜을 행함.

치 않았다. 〈알사스 학교 앞에서 4시에, 괜찮죠? 그럼, 그때 봅시다〉라고 시원스럽게 나왔으면 좋으련만, 그러기는커녕 우리는 〈어디 아시는 데 있어요? 좋아하시는 게 뭐죠? 카페에서 만날까요, 아니면 찻집에서 볼까요?〉라는 말 속에서 헤매고 있었다. 그가 아주 우유부단하게 느껴졌고, 〈화끈하다〉는 느낌이 별로 들지 않았다 ─ 〈화끈하다〉라는 말은 내가 싫어하는 형용사지만 그 상황에 딱 맞아떨어진다. 나는 그가 소심한 사람이라고 생각하면서, 마침내 〈빅토르위고 대로(大路),[39] 에스메랄다에서 만나요. 베르티용 아이스크림을 파는 곳인데, 향이 여덟 종류예요〉라고 말해 주었다. 그는 채 시간을 말하기도 전에 거기로 오겠다고 대답했다.

「내일 오후 3시예요.」

「오후 3시, 좋습니다.」

나는 잠을 잘 잤다. 여러 달 동안 그토록 많은 밤을 바쳐 꿈꾸어 온 사람과 다음 날 만나기로 약속을 해놓은 사람치고는 아주 잘 잔 편이었다. 그 사람을 만날 생각에 너무 흥분이 되어 잠이 안 올 법도 한데 전혀 그렇지 않았다. 나는 당나귀 레옹을 껴안고 아무 일도 없다는 듯이 그냥 잤다. 플러시 천으로 된 장난감은 우리

39 이 작품의 중심 무대인 메닐가 바로 옆에 있는 대로.

의 온기를 보존해 주고, 충직하고 다정한 모습으로 언제나 그 자리에 머물러 있다. 그것은 우리의 곁을 떠나지 않고, 우리를 실망시키지 않으며, 죽는 일도 없다.

다음 날 오전에, 파니와 루카가 〈골동품 상가〉에 가자며 나를 데리러 왔다. 거기로 가던 길에, 강변을 따라 달리다 보니 자연히 애완조 가게랑 크고 작은 동물들을 파는 가게들 옆을 지나게 되었기에, 나는 루카에게 물고기 한 마리를 선물하겠다고 제안했다. 아이가 무척 기뻐하는 것 같아서, 우리는 도로변에 일렬로 주차되어 있는 차들 옆에 차를 세웠다. 나는 루카에게 일본 금붕어 한 마리를 사 주었다. 루카는 파란 물고기를 원했지만 빨간 고기와 은빛 고기밖에 없어서, 우리는 빨간 것으로 샀다. 사는 김에, 월트 디즈니 영화에 나오는 것과 똑같은 어항이며 금붕어 먹이도 사고, 매주 물을 갈아 주는 데 편리하도록 물푸개도 샀다. 그런 다음, 나는 루카에게 새 친구 이름을 뭐로 지을 거냐고 물어보았다. 〈토탈〉이라고 아이는 기다렸다는 듯이 대답했다. 마치 금붕어에겐 그런 이름 말고는 없다는 투였다. 토탈을 비닐 가방에 담아 묶고 나니, 〈골동품 상가〉에 가는 일은 포기해야 하는 형편이 되었다. 루카가 비닐 가방을 들고 있었는데, 두 살 반짜리 아이에게 그것을 맡기기엔 아무래도 못 미더워서, 나는 토탈을 바닥에 떨어뜨리지 않도록 조심하라고 주의를 주었다. 〈물론, 떨어진다고 부서지는 건 아니지. 하지만 레몬처럼 노래져서 온종일 스페인어를 지껄이게 되니까 조심해야 돼.〉 루카는 그 말에 아주 깊은 인상을 받았던지, 한쪽 손을 마저 가져가서 두 손으로 비닐 가방 손잡이를 꼭 잡았다. 돌아오는 길에 나는 루카가 토탈과 의사소통을 시작할 수 있게끔 일본어 두 마디를 가르쳐 주었다. 〈여보세요〉를 뜻하는 〈모시모시〉와, 물고기가 너무 말썽을 피우면 그 말을 써서 잠잠하게 만들라고 〈스시〉를 가르쳐 주었다. 나는 오후에 있는 내 약속에 대해서는 파니에게 이야기하지 않고, 작별 인사로 두 사람을 껴안아 주기만 했다.

나는 옷을 갈아입지 않고 시간에 맞추어 약속 장소에 도착했다. 그는 벌써 와 있었다. 장미 한 송이와 『그로칼랭』을 들고 있었는데, 둘 중의 한쪽은 쓸모없는 것이라는 생각이 들었다. 그 남자의 눈은 초록색이 아니라 회색과 파란색이 반씩 섞인 눈이었다. 그는 지젤을 보조하는 문학도였다. 나는 조금 뜻밖이라는 생각은 들었지만, 그리 많이 놀라지는 않았다. 그로써 많은 일들, 특히 지젤에 관한 의문이 풀렸기 때문이었다. 내가

〈우리 테라스에 앉지요〉라고 말하자, 그는 고분고분 따랐다. 우리는 테라스로 나가서 마주 보지 않고 옆으로 나란히 앉았다 — 마주 보고 앉지 않은 건 천만다 행이다. 그랬다간, 서로 상대방 눈의 흰자위를 보지 않을 수 없었을 테니 말이다. 나는 그쪽에서 말문 열기를 기다렸다. 〈그러니까, 그 사람이 당신이군요〉라는 식의 말을 하기가 싫어서였다. 그런 말은 두 사람을 꼼짝없이 싸구려 영화에 나오는 주인공으로 만들어 버릴 게 뻔했다. 지금은 망해 버린 〈라 생크〉[40]풍의 텔레비전 영화에나 나오는 그런 주인공들 말이다. 몇 분 동안 침묵이 흐른 뒤에(때마침 도로에 교통 혼잡이 빚어져서 음향 효과에는 다행히 별문제가 없었다), 그가 무슨 말인가를 빠르게 지껄였다. 〈이런 식으로 밝혀지니까 이상하군요〉라는 말 같았다. 그런 뒤에 때맞추어, 짧은 콧수염을 기르고 검은 바지에 적자색 윗옷을 입은 종업원이 왔다. 때맞추어 왔다고 말하는 까닭은, 나에게 대답할 말이 없었기 때문이다. 어떤 향의 아이스크림으로 하겠느냐는 종업원의 물음에, 그는 바닐라를, 나는 쓴맛이 나는 커피 초콜릿을 골랐다. 내가 테라스로 나

40 La Cinq. 프랑스의 민영 텔레비전 방송. 지나치게 상업성을 추구하다 1992년 4월 방송 중단.

와 앉자고 제안한 데는 다 생각이 있었다. 즉, 거리에 지나다니는 사람들이 많기 때문에, 두 사람 다 통행인들에게 관심을 갖는 척하고 있으면 그나마 덜 멍청해 보이지 않겠느냐는 것이 내 생각이었다.

「이제 〈다음 일〉이 시작되는군요.」

아이스크림이 탁자에 놓이고, 동시에 각각의 아이스크림에서 브르타뉴 지방의 짤막한 2박자 노래가 흘러나오던 순간에 그가 말했다.

그의 말대로 다음 일이 시작되고 있었다. 그런데 그것이 불러일으키는 감흥이 전혀 없었다. 나는 마치 사진 찍기 좋아하는 일본인들이 나를 필름에 담고 있기 때문에 그러고 있기라도 한 것처럼, 커피 아이스크림으로 차근차근 공 모양의 조각품을 만들기 시작했다. 그는 매력 있는 남자이기 때문에, 만일 다른 상황에서 만났더라면, 아마 내 마음에 들었을 것이다. 아닌 게 아니라 도서관에서 그를 처음 만났을 때, 나는 그를 괜찮은 남자로 보았다. 하지만, 특별한 행복에 대한 그 모든 꿈과 기다림에 비해, 그는 너무 보잘것없었고, 꿈꾸던 이야기와 동떨어져 있었다. 내가 아이스크림값을 같이 내자고 우겨서, 우리는 반반씩 즉 각자 36프랑씩 돈을 치렀다. 그런 다음에 그는 자기의 생활에 관한 애

기를 들려주었다. 부모님은 이혼을 했고, 아르바이트
를 하고 있으며, 아버지 아파트에 얹혀 사는데, 아버지
는 늘 집을 비운다고 했다. 롤링 스톤스, 타부키, 피츠
제럴드, 체호프를 좋아하며, 재미있게 본 영화는 「블레
이드 러너」. 그럼 가리는? 그는 가리에 대해서는 그다
지 잘 알지 못했고, 집에 가리의 책은 한 권도 없다고
했다. 그 정도면 그를 알 만하다는 생각이 문득 들었
다. 나는 롤링 스톤스에게 관심을 가져 본 적이 없다.
그런 점에서 나는 희귀한 부류에 속하는 사람이며, 자
랑은 아니지만, 나는 롤링 스톤스가 새 앨범을 내놓을
거라는 소식을 듣고도 좋아라 하지 않는다. 나는 그런
사람이고 앞으로도 달라지지 않을 것이다. 우리가 좋
아하는 음악, 좋아하는 책들은 서로 달랐고, 「블레이드
러너」는 내가 아주 싫어한 영화였다.

　나는, 우리가 뭔가를 착각한 게 틀림없으며, 두 개의
고독을 합친다고 해서 하나의 행복이 만들어지는 건
아니라고 내 생각을 이야기했다. 〈음수(-) 더하기 음
수는 여전히 음수예요. 그건 수학이라서 이론의 여지
가 없어요.〉 그러자 그 사람은 나처럼 참을성 없는 여
자는 만나던 중 처음이라고 말했다. 나는 그의 마음을
너무 아프게 하지 않을까 싶어 아무 말도 덧붙이지 않

았다. 처음부터 그랬으면 몰라도 일이 그렇게 된 마당에, 계속 까탈을 부리는 것은 도리가 아니다 싶었다.

그는 자기가 가져온 장미를 나에게 준 다음, 내가 어떻게 하든 그건 내 마음이며 다음 일을 결정하는 것은 내 몫이라면서, 자기 전화번호를 알려 주고 떠나갔다. 묘하게도 그의 뒷모습에 무척 마음이 끌렸다. 그의 걸음걸이는 〈나는 발을 어디에 두어야 할지 모르겠어요〉라고 말하는 듯했고, 걸음을 옮길 때마다 그의 머리카락이 뺨을 때리며 잘싹잘싹 소리를 내고 있을 것만 같았다. 떠나가는 사람에게 사랑을 느끼는 게 여자의 마음인지, 그렇게 멀어져 가면서 그는 애잔한 여운을 남기고 있었다. 나는 그 사람이 언짢아하고 있을 거라고 생각했다. 그래서 헤어진 뒤 두 시간도 안 되어 그에게 전화를 걸었다.

「우리 다른 곳에서 다시 시작해요. 장소는 그쪽에서 골라요.」

「카페 드 플로르[41]에서 오늘 저녁 7시에 만납시다. 그럼, 이따 뵙지요.」

---

41 Café de Flore. 파리 중심의 생제르맹 거리에 있는 유서 깊은 카페. 아폴리네르, 피카소, 모딜리아니, 사르트르, 보부아르 등이 자주 드나들었던 곳.

그가 그렇게 나오니까 한결 마음에 들기 시작했다. 사내란 모름지기 처음엔 차갑고 신비스럽게 보여야 미더운 느낌을 주는 법이다. 처음부터 꿀 같고 캐러멜 같아서는 안 된다.

나는 티셔츠-청바지-운동화 대신에, 무릎 위로 올라오는 할랑한 검은 치마에 하얀 블라우스, 그리고 빨강과 노랑이 섞인 벨벳 조끼로 옷차림을 완전히 바꾸고, 약속 시간보다 15분 일찍 도착했다. 그런데 그는 30분을 먼저 와 있었다. 그는 하나의 어엿한 남자로 변모해 가고 있었다.

우리는 잠시 함께 연극을 했다. 그는 미친 시인 역을 맡았고, 나는 시인의 나라를 여행하는 러시아 공작 부인의 역할을 맡았다. 그것은 아주 재미있었다. 그는 외국 정치를 논할 때는 영어 억양으로 말하다가, 이내 남미 억양으로 페소아[42]에 대한 이야기를 했다. 그러다가 벌떡 일어서서 의자 위에 한 발을 얹고, 아주 큰 목소리로 「그 낯익은 꿈」이라는 시를 낭송했다. 바닐라 아이스크림 같은 목소리가 아니라 전혀 다른 목소리였다. 두세 시간에 걸쳐서 그는 혼자서 뭐든지 다 아는 사람

42 Fernando Pessoa(1888~1935). 포르투갈의 시인. 불확실성의 시대를 증언하는 아주 독창적이고 지적인 작품을 많이 남김.

처럼 이야기를 했다. 나는 그가 무척 자랑스러웠다. 카페 드 플로르를 나와, 그는 루마니아 악사들이 연주를 하는 카바레로 나를 데려갔다. 우리는 각자 보드카를 한 잔씩 마셨다. 단 한순간도 우리는 책이나 밑줄에 대해서 이야기하지 않았다. 그러다가 드디어 올 것이 왔다. 자기 보드카를 털어 넣고 나더니, 그는 에스메랄다에서 보여 주었던 바닐라 아이스크림 같은 사내의 모습으로 다시 돌아왔다.

우리는 그 후로 몇 차례 다시 만났다. 만날수록 연극을 계속할 자신이 없어졌다. 그래서 어느 날 밤, 그에게 전화를 걸어, 그가 미친 시인이라면 평생토록 사랑할 수 있겠지만, 그렇지 않다면 사랑할 수 없을 것 같다고 말했다. 그의 대답은, 자기는 미친 시인도 이집트 왕자도 아니며, 소르본 대학 문학부 3학년에 재학 중인, 그저 평범한 파리의 대학생일 뿐이라는 것이었다.

「나를 위해서 연극을 계속할 수는 없겠어요?」

「그런들 무슨 소용이 있겠어요? 그쪽에선 딴 사람을 생각하고, 딴 사람의 존재를 믿고 있는데.」

그는 그날 더 이상 자기 얘기를 하지 않았다. 그가 속마음을 털어놓은 것은 일주일이 지나고 나서였다. 그러나 나는 마침내 내 속 생각을 모두 이야기했다. 물론 그가 내 삶에 약간의 혼란을 주었고, 그런 혼란이 여자의 삶에 의미가 있는 것이 사실이지만, 그에게서 실망을 느낀 것도 사실이라고 이야기했다. 그리고 내가 상상하던 사람은 그가 아니라, 나이가 더 들고, 더 못생기거나 더 잘생겼으며, 특이하고, 절망에 빠져 있고, 처량하고, 변덕스러운 사람이라고 고백했다. 그 말에 대해 그는 아무 대꾸도 하지 않았다.

그러고도 우리는 며칠 동안 더 만나면서, 포옹도 한 번 하고 가벼운 입맞춤도 한두 번 했다. 그러나 그 이상은 아니었다. 그 사람도 마침내 나는 자기가 좋아하는 유형의 여자가 아니라고 고백했다.

우리는 전화 연락은 계속하고 있었다. 어느 날 밤, 그가 전화를 걸어 말하기를, 자기가 꼭 고백할 것이 있다는 사실을 나에게 귀띔하려고 이 책 저 책을 뒤지면서 밑줄 칠 만한 글귀들을 찾아보았는데, 적절한 것을 찾아내지 못해서 얼마 후에 편지를 보내겠다고 했다.

나는 잔뜩 호기심을 느끼며 그 편지를 기다렸다. 이윽고 편지가 도착했다.

17

콩스탕스 님,

이 편지를, 〈나를 원망하지 않기를 바랍니다〉라는 말로 시작하지는 않으렵니다. 당신이 나를 대단히 원망스러워한다는 것을 알고 있고, 또 그러는 당신 마음을 이해하고 있기 때문이지요. 우리 사이에는 당신이 나를 원망할 만한 것이 분명히 있어요. 내가 한 일은 아주 나쁜 짓이었어요. 다른 어떤 사람의 자리를 가로챘기 때문이지요.

누군가가 교묘하게도 연필로 밑줄을 그어서 메시지를 교환하고 있다는 사실은 진작에 알고 있었어요. 나는 그것이 사람을 유혹하고 사랑을 얻기 위한 수단으로서 아주 매력적이라고 생각했지요.

지젤이 당신을 알고 있었기에, 나는 당신에 관한 충분한 정보를 가지고 있었어요. 지젤은 〈받을 만한

이에게 전해 주시면 고맙겠습니다〉라는 말이 적힌 문제의 그 편지를 나에게 전해 주더군요. 그 이유는 잘 모르겠어요. 어쩌면 별 뜻 없이 그냥 〈보라고〉 준 건지도 모르지요. 그게 아니라면 지젤이 자기가 없는 동안에 우리 사이에 어떤 일이 벌어졌다고 믿었기 때문일 테지요.

요모조모 따져 보았는데 별로 잃을 게 없다는 생각이 들더군요. 게다가 당신을 이미 본 적이 있었고 꽤 예쁘다는 생각을 하고 있던 터였지요. 결국 난 장난을 한 셈인데, 그게 아주 서툴렀던 모양입니다. 우리가 서로를 잃었다는 것, 아니 우리가 서로를 얻지 못했다는 것이 그 사실을 말해 주는 것이겠지요.

이미 고백을 했듯이, 밑줄 긋는 남자는 내가 아니에요. 어떤 책에 있는 밑줄은 내가 그은 것이지만, 나머지 것들은 아니에요. 〈그〉가 이미 거쳐 갔기 때문에 나는 손을 댈 필요가 없었어요. 수수께끼는 이미 존재하고 있었고, 나는 그것을 비열하게 이용했을 뿐이에요. 내 행동을 진심으로 후회하고 있어요.

나는 우리가 그 게임을 어디까지 밀고 갈 수 있는지 알고 싶었어요. 만일 당신이 그렇게 조급하게 굴지 않았더라면, 그것은 더 오래 지속될 수 있었을 거예요. 당신이 로맹 가리를 좋아한다는 사실을 알았을 때, 나는 그의 소설들을 뒤적거리기 시작했어요. 이상하게도 그의 소설에는 거의 모든 책에 밑줄이 그어져 있더군요. 그건 제가 그런 것이 아니에요.

그런데, 내가 당신을 사랑했는지는 잘 모르겠어요……. 하지만, 빨간 볼펜으로 밑줄을 긋는 당신의 태도, 지드의 책을 돌려주었다고 우기던 당신의 모습을 나는 사랑했어요. 나는 당신이 말하는 걸 보고 당신이 지드의 책을 훔쳤다는 것을 확실히 알았어요. 책을 훔치지 않았다면, 〈정말이에요, 정말이라니까요〉라는 말을 그렇게 많이 되뇌지는 않았을 거예요. 그때 당신 표정이 어땠는지 아세요? 아주 새빨개져서, 거짓말이라는 게 얼굴에 씌어 있더군요.

이제 당신은 나에게 뭔가를 묻고 싶을 테지요. 나는 그게 뭔지 알아요. 그 사람이 도대체 누구냐 하는 거겠지요. 콩스탕스, 그것에 대해선 당신과 마찬가지로 나도 몰라요. 그것을 알아낼 방법이 있다면, 내가 할 수 있는 모든 일을 다 해서 당신이 그 수수께끼를 푸는 데 도움을 주고 싶어요. 나도 당신 못지않게 그 수수께끼에 깊은 흥미를 느끼고 있어요.

어쩌면, 당신은 내가 밑줄 긋는 남자가 아니라는

사실에 안도하고 있을지도 모르겠군요. 당신에겐 아직 기회가 있어요. 다른 건 몰라도 로맹 가리의 책들과 관련이 있는 것은 확실해요.

당신의 주소를 알아내는 데는 어려움이 없었어요. 나는 도서관 컴퓨터의 회원 파일을 뒤져볼 수 있으니까요.

나는 당신의 밑줄을 좋아했고, 그 사람도 틀림없이 나만큼이나 좋아했을 거예요. 당신이 더 이상 전화를 하지 않아도 이해할 거예요.

클로드

침착해야 한다. 흥분하지 말자. 아무것도 이해하려 하지 말고, 엄마에게 전화를 하자. 그래서 스트레스에 대한 처방이 무엇인지 물어보자.

「어떤 꽃을 생각하면서 다리를 쭉 뻗고 누워 있으렴.」

어머니가 하라는 대로 개양비귀꽃을 생각하며 누워 있었지만, 아무 소용이 없었다. 파니의 처방을 알려고 전화를 걸었더니, 통신 판매 상품 목록을 읽어 보라고 했다. 그래서 아래로 내려가 상품 카탈로그를 사 온 다음, 첫 페이지부터 마지막 페이지까지 죽죽 훑어가며 읽었다. 상품 이름이며, 〈면 100%, 면 50% 비스코스

50%, 진짜 가죽, 합성 고무 신창, 플라스틱 뼈대, 스테인리스강〉과 같은 품질 설명, 크기, 가격, 배달 기한 등을 다 읽었다.

오후 5시쯤에 나는 그 목록을 덮고 전화기를 들었다. 클로드는 집에 없었지만 자동 응답기가 연결되어 있었다.

「콩스탕스예요. 들어오는 대로 꼭 전화해 줘요. 오늘 저녁에 꼭 만나야겠어요.」

그러고 나서 잠시 후에 다시 전화를 걸어, 〈당신을 원망하지 않아요. 난 당신의 도움이 필요해요〉라는 말을 덧붙였다.

그는 밤 9시나 되어서야 전화를 했다. 그러기까지의 몇 시간이 몇 년처럼 길게 느껴졌음은 더 말할 나위도 없다. 그동안, 각기 다른 다섯 장의 음반에 담긴 수숑(「둘이서 하나 되어」, 「귀염둥이 빌」), 부지(「단순해진 이상」), 카린 리딩거(「당신에 관한 나의 노래」, 「버블 스타」, 스티비 원더, 샤를부아, 폴나레프, 미셸 르그랑, 잔 모로, 다이나 워싱턴(「그대, 내게로 돌아와 줘」, 「폭풍우 치는 날씨」) 등의 노래를 들었고, 진공청소기로 구석구석을 누비고 다녔으며, 침대 시트를 갈고 빨아 놓은 옷을 다림질하고 욕조와 세면대를 닦았다.

우리는 샹젤리제 거리에 있는 드럭스토어에서 만났다. 그곳은 추잡스럽다는 느낌을 주었다. 이상한 사내들이 지나가는 여자들을 탐욕스러운 눈으로 흘끔거리고 있었다. 내 요구에 따라 우리는 장소를 바꾸었다. 그는 아래쪽으로 더 내려가서 〈파리〉로 나를 데려갔다. 우리는 안쪽으로 들어가, 고색이 짙고 빨간 가죽으로 된, 영국풍의 안락의자에 앉았다. 그는 커피를, 나는 아몬드 시럽을 주문했다.

「클로드, 날 도와줘야 해요.」

「어떻게요?」

「컴퓨터의 회원 파일을 볼 수 있으면, 문제는 간단해요. 밑줄 쳐진 책들을 빌려 간 사람들이 누군지 알아내서, 그 사람들의 명부를 작성할 수 있을 거예요.」

「물론 올해 빌려 간 사람들은 파악할 수 있어요. 하지만 그전에는 컴퓨터가 없었기 때문에, 관련 문서들을 어딘가에 보관하고 있을 거예요. 그게 어디 있는지는 몰라요.」

「그렇군요. 하지만 그거라면 지젤이 알 거예요. 그리고 연필 밑줄이 예전부터 시작되었다고 생각할 만한 무슨 근거가 있는 것도 아니잖아요? 비관적으로 생각하지 말아요.」

「비관하는 게 아니라 확실치 않다는 거죠. 어떻게 해야 할지 모르겠어요. 보나마나 그 책들을 빌려 간 사람들이 엄청 많을 텐데요.」

「그렇겠지요. 하지만 여자들은 모두 제외해 버려요. 등록된 회원들 중엔 여자들이 더 많지 않아요?」

「그렇지요. 그래도 모르겠어요. 뭐 뾰족하게 떠오르는 생각이 없네요.」

「나를 돕고 싶은 생각이 있긴 있어요?」

「물론이지요. 선택의 여지가 없잖아요? 이미 그런 바보 같은 짓을 저지른 마당인데.」

일은 아주 복잡할 것으로 보였지만 그래도 한 가닥 희망이 있었다. 그래서 우리는 새로 주문해서 마신 알코올음료 덕분에 기운을 얻고, 우리 둘의 묘한 처지에 대해 우스갯소리를 하게까지 되었다. 클로드는 걸어서 나를 집에까지 바래다주었다. 나는 감사의 뜻으로, 몸에 힘을 쪽 빠지게 하는 종류의 진짜 키스를 해주었다. 우리는 헤어지기 전에 마지막으로 한 번 더 웃었다.

집에 들어오니 행복감이 밀려왔다. 나는 〈그 사람을 찾아낼 거야, 그 사람을 찾아낼 거야〉라는 말만을 되뇌면서 레옹과 탱고를 추었다. 벽장에서 파란 가운을 다시 꺼내, 운이 좋으면 아주 특별한 어떤 사람이 머지않아 가운을 입어 주게 될 거라고 가운에게 알려 주었다. 나는 사랑하는 작가의 두 사진을 바라보다가 얇은 유리판 너머로 차례차례 입맞춤을 퍼부었다. 나는 〈클로드가-나를-도와줄 거야. 우리는-그-사람을-찾게-될 거야〉라고 흥얼거리면서 따뜻한 물로 목욕을 했다. 그러다가 물을 잠그니 라스카르 씨의 코 고는 소리가 들렸다. 나는 신발로 라디에이터를 한번 툭 쳐서 신호를 보냈다. 라스카르 씨가 코 고는 것을 멈추거나 그의 부인이 내 신호를 알아듣고 남편의 귓불을 꼬집게 하려는 생각에서였다. 그 방법이 효과가 있었던지 라스카르 씨가 즉각 코골이를 멈추었다.

나는 뿌듯한 마음으로, 아주 새롭고 아주 행복한 기분이 되어 욕조에서 나왔다. 그런데 느닷없이 〈통신〉 상품 목록에 두 페이지에 걸쳐서 나와 있던 그네 사진이 떠오르면서, 〈299프랑, 높이 1미터 68, 금속과 플라스틱, 튼튼한 밧줄〉 같은 말들이 저절로 입에 감돌았다. 큰일 났다! 사람들이 그 물건을 가지고 오겠구나!

우리는 그 다음다음 날부터, 그러니까 클로드가 프루스트에 관한 소논문의 작성을 끝낸 다음부터 그 일에 착수했다. 클로드의 시험은 두 달 뒤에나 있었으므로 우리가 조사에 투자할 시간은 충분했다. 그 다음다음 날, 우리는 오전 10시에 〈메닐〉 카페에서 만나, 치밀한 계획을 짜려고 애썼고, 지젤에 대해서도 의견을 나눴다.

지젤은 밑줄과 관련이 없고 밑줄 긋는 남자에 대해서 전혀 모른다는 것이 클로드의 생각이었다. 그의 생각에도 일리가 있었다. 지젤이 알고 있었다면 그 편지를 진짜 밑줄 긋는 남자에게 전해 주지 않고, 그에게 전해 주었을 리가 없다.

그래도 나는 클로드에게 지젤이 도서관에서 얼마나 오래 일했는지, 그리고 그녀가 예전에는 무슨 일을 했는지에 대해서 알아보라고 일러두었다. 모든 정보가 중요하기 때문에, 하나도 소홀히 할 수가 없었다.

「회원 카드를 조사할 방법이 있어요?」

「지금 일이 없으니 잠시 자원 근무를 하겠다고 말하지요, 뭐. 그런데 회원 카드를 뒤져서 아무것도 찾아내지 못하면……」

「틀림없이 찾아낼 거예요.」

「거기에서 아무 소득이 없으면, 시간 외 근무를 신청해서 사람들이 나에게 열쇠를 맡기도록 손을 써보지요.」

「그건 그때 가서 생각하기로 하고요. 모든 회원 카드를 조사하는 것이 당장 할 일이에요.」

다행히 클로드가 일을 효과적으로 진행시켜 나갈 방법을 생각해 냈다. 책마다 전산 파일이 하나씩 딸려 있는데, 그 파일에는 책을 빌려 간 사람들의 이름과 대출일, 반납일이 기록되어 있었다. 클로드는 우선 폴리냐크 소설의 파일을 조사해서 그 책을 빌려 간 사람들의 명단을 알아낸 다음 그 사람들의 회원 카드를 하나하나 조사해 보겠다고 했다. 그렇게 회원 카드를 하나하나 대조해 가다 보면, 밑줄이 쳐진 책들을 내가 빌려 간 것과 똑같은 순서로 책을 가져간 사람이 누군지 알아낼 수 있다는 것이 그의 생각이었다. 밑줄이 그어진 책들을 다 고려할 필요는 없었다. 그중에는 클로드가 부당하게 밑줄 긋는 남자 행세를 하려고 이용한 것들도 있기 때문이었다. 게다가 밑줄이 쳐진 책들은 대부분 사람들이 별로 손을 대지 않는 것들이라는 점을 고려하면, 그다지 오랜 시간을 들이지 않고 일을 끝낼 수 있을 것 같았다. 나는 그의 왼쪽 뺨에 가볍게 입을 맞추었고, 그는 싱긋 웃으며 밖으로 나갔다. 나는 문득 자신이 로런 버콜[43]이라도 된 듯한 기분이 들었다.

---

43 Lauren Bacall(1924~2014). 미국의 여배우. 냉철한 탐정 연기로 유명한 험프리 보가트의 아내. 할리우드 배우들의 자서전 가운데 최고 걸작으로 꼽히는 *By Myself*로 미국 도서상을 받은 바 있음.

나는 밖으로 나가 그날 신문을 사가지고 카페로 돌아왔다. 신문에는 모두 그렇고 그런 얘기들뿐이어서 30분을 읽고 나니 지루해졌다. 그래서 나는 도서관으로 갔다. 여기저기 돌아다니며, 잠시 사람들을 살펴보다가 음반 보관실로 내려갔다. 그러다 다시 올라와서 지젤을 발견하고 인사를 했다. 지젤은 배불뚝이라는 점만 빼면 내 나이 또래처럼 보였다. 하지만 나보다 훨씬 나이가 들었을지도 모를 일이었다.

나는 그녀에게 생년월일을 물어보았다. 겉으로는 동양의 사주 풀이에 관심이 있는 척했지만, 사실은 그녀의 도서관 근무 연수를 알아내기 위한 우회적인 술수에 지나지 않았다.

지젤은 미심쩍어하는 눈으로 나를 바라보다가 1961년 7월 19일이라고 태연하게 대답했다. 문제는 그것에 대해 내가 해줄 말이 아무것도 없다는 데에 있었다. 사실 나는 동양의 사주에 대해서 전혀 아는 바가 없었다. 지젤은 한층 더 미심쩍어하는 눈으로 나를 바라보았다. 할 말이 있어야 횡설수설이라도 할 텐데 그러질 못해서, 나는 에멜무지로 뭔지도 모를 소리를 빠르게 지껄였다. 염소자리가 어떻고 범띠가 어쩌고 하는 그런 얘기였다. 나는 마침내 내가 저울자리에 속하고 그 운수

풀이가 내게 잘 맞아떨어진다고 엉뚱한 소리를 하면서 이야기를 끝냈다. 그때 나는 도저히 셜록 홈스가 될 수 없다는 사실을 절감했다. 나는 불편한 마음으로 도서관을 나왔다. 바야흐로 범죄 수사의 양상을 띠어 가고 있는 그 일에 동참하고 싶었고 쓸모 있는 실마리를 찾아내고 싶었다. 모든 일이 빨리, 아주 빨리 진행되어서 어떤 식으로든 결판이 났으면 하는 마음이 간절했다. 그러나 괜히 나서서 일을 그르치기보다는 형사 콜롬보의 아내처럼, 국으로 집에 들어앉아 있는 편이 낫겠다 싶었다.

아직 7월이 되지 않았으니까, 1961년생이면 지젤은 29살이었다. 도서관 문을 연 1982년에는 21살이었다. 지젤은 도서관에서 최대로 잡아 8년 동안 일한 셈이었다.

내 자동 응답기에 파니가 전언을 남겨 놓았다. 나는 그녀에게 전화를 되걸어 집에 들러 달라고 했다. 파니는 득달같이 달려와, 〈오늘은 차가 잘 빠지던걸〉 하고 말했다. 나는 그녀에게 우유를 약간 섞은 중국차 한 잔을 대접했다. 그것은 그녀가 좋아하는 것이다. 파니는 만난 지 얼마 안 되는 어떤 남자에 대해서 말했다. 스물여덟 살 먹은 시나리오 작가인데 프랑스인과 페루인의 피가 반반씩 섞였다고 했다. 파니는 그날 그 사람과

저녁을 같이 먹기로 되어 있었다. 약속했던 대로 나는
내 사건의 뒷이야기를 들려주었다. 일이 복잡해지면서
클로드를 만나고, 둘이서 조사에 착수한 거며, 그가 하
고 있는 작업, 그리고 지젤과 1961년에 대해서 이야기
했다.

「그런데, 밑줄 치는 장난을 해서 모두를 혼란에 빠뜨리
는 사람이 지젤이 아니라고 쉽게 단정할 근거가 있니?」

나는 그 물음에는 대답하지 않고 단지 〈임신한 여자
가 그런 짓을 할 거라고 생각하니?〉라고 되묻기만 했
다. 만에 하나 밑줄 긋는 사람이 지젤이라면 나는 그녀
가 대가를 톡톡히 치르도록 해줄 생각이었다. 그러나
그럴 리는 없었다. 나는 단 한순간도 그럴 가능성을 생
각해 보지 않았다.

거실의 등받이 없는 의자 위에 파란 가운이 놓여 있
는 것을 보고, 파니는 〈저게 뭐니? 새로 산 거니?〉라고
물었다. 나는 별로 오래된 건 아니라고 대답하고, 밑줄
긋는 남자가 내 삶 속으로 들어 올 날에 대비해서 사둔
거라고 고백했다.

「너 미쳤구나. 선물을 미리 사는 사람이 어디 있니?
애기들한테 선물할 때와 마찬가지야. 출산 전에는 아
무것도 사는 게 아니야. 그런 짓은 불행을 가져온대.

171

그 신비스러운 남자가 아직 오지 않는 것도 놀랄 일은
아니야. 너 저거 버려야 해.」

그녀가 흥분할 기미를 보이자 나는 얼른 말머리를
돌렸다. 마음을 좀 누그러뜨리기 위해서 화제를 바꿀
필요가 있었다. 나는 파니에게 그녀에 관해 어떤 고정
관념을 가지고 있었다고 말했다. 내가 보기에 파니의
두 번째 반려자는 틀림없이 건축가일 것 같았다. 그 얘
기를 하자 파니는 건축가 중에는 아는 사람이 없다고
되풀이해서 말했다. 그러자 언젠가 내가 지나친 적이
있던 어떤 장소가 떠올랐다. 베르시 역 근처에 있는
〈파피용 드 라르스날〉이 그곳이었다. 나는 전화번호부
에서 주소를 찾아 종이쪽지에 그것을 적어 주었다.

「여기 가봐. 건축가들이 아주 빈번하게 드나드는 곳
이야.」

차를 세 잔째 비우고 파니는 자리에서 일어섰다. 아
파트를 나서면서 파니는 〈저 가운 버려라〉라는 말을
빼놓지 않았다. 나는 대답하지 않았다. 파니는 그 가운
이 내가 가지고 있는 거의 유일한 그 사람 물건이고, 그
렇기 때문에 그것을 버릴 수 없다는 사실을 깨닫지 못
하고 있었다. 나는 그 가운을 욕실로 가져가서 하얀 내
가운과 포개어 옷걸이에 걸어 놓았다. 클로드에게선

여전히 전화가 없었다. 책들의 대출 상황을 일일이 확인하는 일은 쉽지 않을 것이므로 며칠이 꼬박 걸릴 게 틀림없었다.

나는 내 나름대로 집에서나마 멋진 생각을 해내려고 애썼다. 하지만 그럴 수 있으려면 매그레[44]가 나오는 탐정 소설이라도 열심히 읽고 탐정 영화 한 편이라도 제대로 봤어야 하는 건데, 나는 한 번도 그런 적이 없었다. 그나마 자신감을 가질 수 있는 분야는 프랑스 대중음악뿐이었다. 나는 내가 가진 모든 콤팩트디스크들을 살펴보기 시작했다. 마치 거기 어떤 문장에 밑줄이 그어져 있을 수도 있다는 듯한 태도였다. 나는 크루아지유의 「그 사람에 대해 말해 줘요」라는 노래를 여러 번 들었다. 그래도 머릿속에 반짝 하고 떠오르는 생각은 없었다. 그래서 나는 시간의 지루함을 잊으려고 빨래를 했다. 속옷가지들을 모두 손으로 빨아 널고 욕조 가장자리에 걸터앉았다. 그러고 앉아 있으면 셔츠와 팬티가 더 빨리 마르기라도 할 것처럼 마냥 앉아 있었다. 나는 빨래가 안 말라서 안달을 낸 게 아니라, 빨래가 다 말라 있을 그 시간이 오기를 초조하게 기다리고

---

44 Maigret. 벨기에 작가 심농Georges Simenon의 여러 소설에 나오는 명탐정.

있었다. 나는 그런 자세로 한동안 우두망찰 머물러 있었다.

마침내 7시에 클로드가 전화를 했다. 그가 내 집에 들러도 괜찮겠냐고 묻기에, 물론 그래도 좋다고 대답했다. 나는 얼른 옷을 갈아입고, 눈비음을 할 요량으로 집 안을 대충 치웠다. 그가 벽장을 열어 보는 불상사는 없으리라 생각하고, 지저분한 것은 모조리 거기에다 던져 넣었다. 머리에 간단히 빗질을 하고 헤어로션을 발랐다. 그렇게 대충 채비를 끝내고, 아주 분위기 좋은 음반을 틀었다. 빌리 홀리데이의 「폭풍우 치는 날씨」였다. 나는 음반 재킷의 사진에 나옴직한 자세로 소파 위에 다리를 꼬고 앉아 초인종이 울리기를 기다렸다.

클로드는 아파트에 들어서면서 3박자로 된 휘파람을 불었다. 주유소 남자들이 짧은 치마 입은 여자를 보고 부는 휘파람 같았다. 그의 표정에 마음에 들어 하는 빛이 역력했다.

「아파트가 아주 밝고 깨끗한데요.」

그 말에 토를 달 생각도 없었고, 벽장을 열어서 갖가지 색깔의 양말들이 구겨진 셔츠랑 전화세 영수증이랑 〈소팔랭〉 헤어롤과 뒤범벅이 된 채 튀어나오게 하고 싶지도 않았다.

「정돈 좀 했어요.」

나는 빠른 동작으로 침실, 욕실, 화장실, 부엌을 보여주었다. 그러고 나서 우리는 자리에 앉았고, 클로드가 입을 열었다.

「자, 이야기합시다. 일이 아주 복잡해요. 끝내려면 시간이 꽤 걸리겠어요. 회원 카드를 확인하기가 생각보다 만만치 않아요.」

「회원이 얼마나 될 것 같아요?」

「글쎄요. 지금 H 자로 시작하는 이름들을 조사하는 중인데 벌써 1백 명 가까이 돼요.」

「1백 명이라고요!」

「그 정도는 아니지만 80명은 돼요.」

「그런데 그 사람들을 다 조사할 필요가 있어요? 도서관에 자주 안 오는 사람들도 있는데, 그 사람들까지 고려할 건 없잖아요.」

「왜요, 하나라도 빼놓으면 안 돼요. 모든 사람들의 카드를 조사해 봐야죠.」

「금년 회원들만 조사했는데도, 이제 H 자에 와 있다는 거예요?」

「그래요. 컴퓨터 디스켓에는 금년 회원들 자료밖에 없어요. 그 이전 것은 입력되어 있지 않아요. 하지만 그 문제를 해결할 방안도 생길 것 같아요.」

「뭔데요?」

「도서관 관장인 산도스 씨에게 모든 문서 자료들을 내가 직접 컴퓨터에 입력하겠다고 제안할 생각이에요.」

「잘될 것 같아요?」

「그러기를 바라야죠. 어쨌든 내가 그 일을 안 하면 할 사람이 없을 거예요. 그리고 데이터 뱅크를 만들어주겠다는데 마다하는 사람을 본 적이 없어요. 그게 아무 소용이 없을 때도 싫다고 하는 사람이 없어요.」

저녁 음식은, 배[舟] 모양의 그릇에 담긴 셀러리 레물라드,[45] 역시 배 모양의 다른 그릇에 담긴 당근 채, 반 마리 분량의 따끈한 닭고기였다. 우리는 앙트레인 셀러리와 당근 채는 포크로 먹었고 닭고기를 먹을 때는 손가락을 들이댔다. 여기저기 기름을 묻혀 지저분하긴 했지만, 그 시간은 둘만의 진실한 순간이었고, 클로드와 내가 거의 처음으로 맞이한 친교의 순간이었다. 닭고기를 먹고 나서 우리는 손을 씻으러 욕실에 들어갔다. 둘이서 동시에 비누를 집으려다가 여기저기에 물이 튀었다. 우리는 마침내 서로 상대의 손에 비누를 칠해

---

45 가늘게 썬 셀러리에, 마요네즈, 겨자, 마늘 등을 섞은 레물라드 소스를 친 것.

주기에 이르렀다. 그것이 두 번째 친교의 순간이었고 전에 여기저기서 했던 몇 차례 입맞춤보다 훨씬 더 느낌이 강렬했다. 우리는 함께 손의 물기를 닦았다. 그런 다음, 나는 그의 손을 잡고 침실로 데려갔다. 나는 그에게 〈여기서 자요〉라고 말했고 그는 그대로 따랐다. 그는 내 침대, 내 이불 밑에서 나와 함께 잤다. 누군가 나와 함께 숨 쉬는 사람이 있다는 것, 누군가 잠결에 나에게 안겨 오거나 내 몸에 부딪쳐 오는 사람이 있다는 것, 그건 정말 굉장한 일이었다. 그 때문에 나는 레옹에 대한 생각을 바꾸어 버렸다. 레옹은 많은 장점을 가지고 있지만 온기를 발산하지는 못했다. 클로드와 함께 자는 일이 어찌나 포근했던지, 나는 그날 밤 밑줄 긋는 남자를 찾는 일이 다 부질없는 짓은 아닐까 하는 생각을 여러 번 했다. 한 이불 밑에서 이렇게 다정하고 착한 남자와 몸을 비비고 살을 섞고 있는데, 무엇을 바라고 도서관 컴퓨터 파일에 들어 있는 다른 남자를 찾으려하는 걸까? 새벽 2~3시경에 나는 〈당신은 내가 좋아하는 유형의 여자가 아니에요〉라고 했던 클로드의 말을 생각해 냈다. 그것이 내 생각을 어느 정도는 제자리로 돌려놓았다.

우리는 10시쯤에 잠에서 깨어 두 마리 물고기처럼 말

끄러미 서로를 바라보며 침대에 머물러 있었다. 우리는 함께 샤워를 했고 나는 그의 어깨에 몸을 기댔다. 물기를 닦을 필요도 없이 우리는 곧 바로 다시 잠자리에 들었다. 둘 다 추워서 몸을 떨고 있었지만 그것은 오히려 잘된 일이었다. 우리는 둘이었고 그래서 서로의 몸을 덥혀 줄 수 있었기 때문이었다. 우리는 아주 훌륭하게 그 일을 해냈다. 12시쯤에 클로드는 이제 겨우 H 자까지밖에 도달하지 못했기 때문에 돌아가서 일을 계속해야 한다고 말했다. 나는 H 자를 가지고 무얼 하든 관심이 없었다. 〈불확실하다hypothétique〉는 말에 붙은 H든, 〈진공청소기aspirateur〉에 H를 붙여 haspirateur를 만들든, 〈강낭콩haricot〉의 H든, 〈새콤하다aigrette〉라는 말에 부정의 접두사 in을 붙이고 그 앞에 H를 붙이든 내가 알 바 아니었다. 나는 그에게 〈잠시 이대로 있어요〉라고 속삭였지만 그다지 효과가 없었던지 그는 미간을 찌푸렸다. 나는 그를 더 이상 붙잡지 않았다.

나는 그의 체취를 좀 더 맡으려고 다시 자리에 누웠다. 시트에 그의 냄새가 흠뻑 배어 있었다. 그날 낮 아주 느지막한 시간이 되어서야 마침내 자리에서 일어났다. 그가 남기고 간 짤막한 편지가 눈에 띄었다.

내가 그 사람을 찾는 것은 당신을 위해서, 오로지 당신을 위해서예요.

사랑해요.

클로드

나는 입을 다물고 공기를 밀어내어 뺨을 부풀린 다음 힘껏 뱉어 냈다. 푸아, 푸아, 푸아. 그가 나를 사랑한다. 그가 나를 사랑한다며 편지를 써놓고 갔다.

그것은 어쩌면 성급한 사랑 고백인지도 몰랐다. 〈성급하다 *hâtive*〉는 말에도 내가 아무래도 좋다던 H 자가 붙어 있었다. 나는 누군가를 기다리다가 묘하게도 다른 남자와 사랑에 빠져 있었다. 나는 〈사랑에 빠지다 *amoureuse*〉라는 말을 숨을 들이쉬며 *hamoureuse*라고 발음해 보았다. 내 이름은 콩스탕스가 아니라 〈절개 없음, 변덕〉을 뜻하는 앵콩스탕스라고 해야 마땅했다. 나는 시시각각으로 생각을 바꾸었고 이러지도 저러지도 못하는 궁지에 빠져 있었다. 꿈을 좇자니 현실이 울고 현실을 좇자니 꿈이 울었다. 클로드는 밑줄 긋는 남자보다 우월한 점을 지니고 있었다. 그것도 대단한 우월한 점이었다. 그는 자기 살을 내 살에 대었고 무엇보다도 내가 내 살을 그의 살에 대었다. 사랑에는 살을 섞는 일이 필요하다. 그건 삼척동자도 아는 일이다.

오후 6시 반에 그가 나에게 전화를 걸었다.

「속도가 붙었어요. 이제 R 자에 와 있어요.」

R 자라는 말을 듣고도 나에겐 별다른 느낌이 일지 않았고, 이렇다 하게 떠오르는 생각이 없었다. 분명한 건 그가 아무것도 찾아내지 못했다는 것뿐이었다.

클로드는 나와 함께 저녁 시간을 보냈다. 우리는 파르메산 치즈와 올리브유를 섞은 바릴라 파스타를 먹고 함께 설거지를 했다. 그는 물로 씻었고 나는 물기를 닦았다. 〈설거지 한 번 도와준 게 뭐 대수냐. 그런 것쯤은 누구나 하는 일이다. 처음엔 누구나 으레 그러는 법이다〉라고 생각할 사람이 분명히 있으리라. 그러나 천만의 말씀이다. 나는 그것을 흔해 빠진 일로 느끼지 않았다. 누군가가 내 집안일을 거들어 준 것은 그것이 처음이었고, 나는 그것을 아주 기분 좋게 받아들였다.

우리는 두 번째 사랑의 밤을 보냈고 이어 세 번째, 그리고 네 번째 밤을 보냈다. 그것은 아주 좋았고 점점 좋아졌다. 그의 몸동작이 좋았다는 것이 아니라 미더운 태도가 좋았다. 모든 일이 아주 자연스럽게 이루어져서 나는 더 이상 그와 관련된 질문을 할 필요가 없었고 마음이 평온했다. 나는 그가 저녁이면 집으로 돌아오리라는 것을 알고 있었고 돌아와서 그가 무엇을 하리라는 것도 알고 있었다. 그는 그날 있었던 일이며 조사 작업의 진척 상황을 들려줄 것이고, 이마로 흘러내린 머리카락을 뒤로 쓸어 올릴 것이며, 커다란 잔에 콜라를 따라 마실 것이다. 그것은 잘 짜인 프로그램과도 같아서 내가 요구하지 않아도 그는 그대로 했다. 나는 파란 가운을 다시 꺼냈고 그것은 그의 가운이 되었다. 파란색이 매혹적일 정도로 그에게 잘 어울렸다.

알파벳 순서대로 회원 카드를 확인하는 일이 끝나고, 전년도인 1990년의 기록을 검토하는 일도 끝났을 때, 그는 회원 카드 중에 우리가 찾는 것과 맞아떨어지는 게 없다고 말했다. 폴리냐크의 책, 도스토옙스키 책, 니미에 책 등을 다 빌려 간 회원은 없다는 얘기였다. 그래서 결국 밑줄은 그 이전부터 시작되었다고 가정할 수밖에 없었다.

이미 클로드에 대한 사랑은 싹텄고 바야흐로 나는 진정으로 그를 사랑하던 중이었다. 우리는 함께 자고 함께 먹고 — 심지어는 새벽 2시에 카망베르 치즈를 먹기도 했다 — 함께 텔레비전을 보았다. 모든 것을 하고 싶어 했고, 애무에서 레몬 속살까지 더 좋은 거라면 뭐든지 주고 싶어 했다. 그러면서도 나는 왜 그에게 조사 작업에 대한 이야기를 계속했던 것일까? 그건 단지 그가 자기 약속을 지키게 하려는 생각에서였다. 그가 나를 즐겁게 하려고 그 일을 하고 있었으므로 나는 그가 그토록 그 조사에 몰두하는 것이 마음에 들었다. 그가 나에게 자기 사랑을 증명해 보이려 하는데 그것을 막을 도리는 없었다.

　며칠 낮 며칠 밤이 흘러가면서, 1989, 1988, 1987, 1986, 1985, 1984, 1983년에 대한 조사 작업도 차례로 이루어졌다. 그러는 사이 그는 나와 함께 살며 한 달 남짓을 보냈다. 다른 사람이었다면 그 일을 하는 데 3개월은 족히 걸렸으리라. 그는 아무것도 찾아내지 못했다. 혹시 그는 내가 밑줄 긋는 남자를 여전히 만나고 싶어 하는 게 두려웠던 것이 아닐까? 도서관이 설립된 게 1982년 6월인데, 그해 반년치의 문서가 사라졌다고 그가 말했다. 1982년의 기록은 전혀 남아 있지 않다는 것이었다. 그가 산도스 씨를 찾아가 문의했더니, 그 문서들은 없어도 상관이 없다면서, 1982년이 도서관 문을 연 해이고 초기 장서들을 투르농 도서관에서 넘겨받았으므로, 그 문서들은 십중팔구 투르농 도서관 문서들과 통합되어 있을 거라고 알려 주었다. 투르농 도서관의 고문서들은 낭트에 있는 프랑스 공공 단체 공동 관리 문서 보관소에 보관되어 있었다. 문의를 해본 결과 메닐 센터의 처음 6개월 동안의 문서도 거기에 있었다. 문서 관리를 위한 연도 구분은 〈책력상의 연도〉로 하고 있었다. 그 문서 보관소에 들어가서 자료를 열람할 수 있으려면, 공무원이나 공공 단체 직원이어야 했고, 아니면 특정 연구를 위해 특별히 위임을 받아야만 했다. 그렇다고 열람 자격을 얻자고 산도스 씨에게 그 일을 털어놓을 수는 없었다. 클로드가 보기에, 산도스 씨는 우리를 도와주기는커녕, 우리의 두 가지 위반 행위 즉, 책에 밑줄을 그은 일과 직원이라는 사람이 훼손의 흔적을 지우는 데 시간을 바칠 생각은 안 하고 밑줄의 장본인에게 관심을 갖는 일을 더 이상 못 하게 막기만 할 사람이었다. 그래서 클로드는 도서관에서 일주일에 이틀을 일하는, 완전히 공식적인 직원이 되었다. 그럼으로써 그는 〈문화 기관〉의 직원증을 얻게 되었다.

그 모든 것이 나를 위한 것이었다. 그는 참 멋있는 사람이었다. 나를 잃어버릴 위험을 무릅쓰고 나에게 자기 사랑을 증명해 보이려고 했으니 말이다. 나는 그 사람을 따라 낭트까지 갔다. 그가 조사를 하는 동안 나는 거의 어떤 카페에서 시간을 보냈다. 우리는 값이

헐한 민박집에 거처를 정했다. 실내 장식이 이상하고
편의 시설도 초라했지만, 우리가 얼마나 오래 머물러
야 할지를 알 수 없었기 때문에 그런 곳에 머무는 것이
나을 성싶었다.

시작이 별로 좋지 않았다. 우선 클로드는 하루를 꼬
박 기다린 다음에야 문서 보관소 출입증을 얻을 수 있
었다. 그다음 날도 두 시간을 참고 기다린 끝에, 접수창
구에 있는 도도한 여자가 마침내 메닐 센터의 1982년 문
서가 있는 곳을 안내할 사람을 일러 주었다. 결국 문서
들을 열람하기 전까지 클로드는 이틀을 허비해야 했다.

그동안에 나는 『세계의 땅』에 실을 원고를 한 줄도
쓰지 못했고, 시내 구경도 하지 않은 채 오로지 그 카페
에서만 죽치고 있었다. 카페에는 비주류 음료 병들이
죽 진열되어 있었다. 병에는 완전히 누렇게 색이 바래고
반은 떨어져 나간, 〈오랑지나〉, 〈슈베프〉, 〈비텔〉, 〈카
콜라크〉 등의 상표가 붙어 있었다. 병에 때가 덕지덕지
끼어 겨우 속이 보일 정도였지만, 그것만으로도 몇몇
병들의 내용물이 심하게 변질된 것을 염려하기에 충분
했다. 과육이 상해서 바닥에 가라앉아 있고, 음료 빛깔
이 뚜껑 근처는 맑은데 바닥으로 내려갈수록 탁해져서
나중에는 아예 색깔을 가늠할 수조차 없게 되어 있었

다. 나는 이따금 카페 밖으로 나가 어떤 체인점의 머리 핀 판매부를 둘러보았고, 두 시간 후에 다시 나가 골덴 사과를 1파운드 샀다. 그런 다음, 주로 바닥을 보면서 거리를 돌아다녔다. 보도의 색깔은 파리와 똑같았다.

　어느 날 오후 나는 어떤 비스킷 공장을 구경하러 갔다. 비스킷이 그 지역의 특산물이기도 하고 시간도 있었기 때문에 그것을 구경할 엄두를 냈던 것이다. 공장은 거대한 갈색 건물이었는데, 과자 냄새가 사방 1킬로미터까지 진동했다. 입구에, 초록, 빨강, 파랑, 노랑으로 색칠한 나무 게시판이 있고, 거기에는 〈세계만방에 낭트시의 이름을 알리는 경이로운 이곳을 구경하러 오세요〉라고 씌어 있었다. 비스킷 공장 사람들에게 그 광고 문구를 팔아먹은 광고업자는 틀림없이 그들을 얕잡아 보았던 것이리라. 입장료는 혼자 들어가면 12프랑이었고, 14인부터 단체 입장인데 그 경우는 10프랑이었다. 언뜻 보기에 그날은 입장객이 나밖에 없었다. 커다란 판지에 매직으로 따라갈 길을 표시해 놓았다. 비스킷을 보느라고 길을 잃어도 안 될 일이었고 모든 걸 거꾸로 해서 마지막 단계인 포장 단계부터 구경을 해서도 안 되었다. 견학은 비스킷 제조 공정에 맞추어 일곱 단계로 이루어져 있었다. 즉, 원료 배합, 반죽 만들

기, 모양 뜨기, 오븐에 굽기, 부재료 입히기, 오븐에 다
시 굽기, 포장 등 모든 공정을 둘러보게 되어 있었다.
포장 단계에서는 커다란 선풍기로 찬 공기를 빨아들여
환기를 하고 있었다.

그 많은 비스킷을 보고 냄새를 맡았더니 심하게 허
기가 느껴졌다. 다행스럽게도 견학 과정에는, 어쩌다
가 모양을 잘못 떴거나 잘못 구워진 비스킷 부스러기
들을 시식하는 일이 포함되어 있었다. 출구가 가까워
지자 아주 큰 테이블 위에 연한 베이지색 판지로 만든
커다란 접시 두 개가 놓여 있었다. 그 접시에는 시식용
사블레[46]가 가득 담겨 있었다. 접시 하나를 다 비웠으
니 아마 나는 한 갑 분량의 사블레를 거의 먹은 듯했
다. 그렇게 포식을 하고 민박집으로 돌아왔더니 집주
인 장 부인이 클로드에게서 전화가 왔었다고 알려 주
었다. 그는 들어오는 대로 문서 보관소 맞은편 카페로
오라는 말을 남겨 놓았다. 나는 곧바로 그에게로 달려
갔다. 낭트의 사블레를 너무 많이 먹은 탓인지, 너무 많
이 기다린 탓인지, 한달음에 너무 서둘러 달려간 탓인
지, 나는 속이 몹시 메슥거렸다. 클로드는 머리카락이

---

46 노르망디 지방에 도시 이름에서 유래한 과자 이름. 지방과 당분이
많아 감촉이 부드러운 소프트 비스킷의 한 가지.

지저분하고 눈이 충혈되어 몰골이 말이 아니었다. 나는 그의 얼굴을 손으로 감싸고 무슨 문제가 있느냐고 물었다.

「아무것도 아니에요. 네온 조명 때문이에요. 왜 아직도 그런 걸 사용하고 있는지 모르겠어요.」

「그런데 무슨 일이에요?」

「Z까지 다 검토했어요.」

「조로Zorro까지요.?」

「예, 조로까지요. 1982년 문서에도 전혀 없어요.」

「그럼, 그 사람은 존재하지 않은 건가요?」

「뭐가 뭔지 모르겠어요. 그 사람이 존재한다면 철저하게 자기를 숨기고 있는 거예요. 우리가 전혀 의심해보지 않은 아주 엉뚱한 누군가가 있는 거예요. 문제의 그 사람은 십중팔구 열람실의 파란 소파에 죽치고 앉아서 그 모든 책에 밑줄을 그었을 거예요. 그런 경우라면 그 사람을 찾아낼 가능성은 전혀 없어요.」

「그것 참 낭패로군요. 아니, 오히려 잘된 일인지도 몰라요. 이젠 그 사람이 없어도 되잖아요.」

「아니에요. 이제껏 해온 일이 있는데 이런 식으로 포기하고 싶지는 않아요.」

「실패한 게 언짢아요?」

「아니요. 하지만 알고 싶어요. 나를 움직이는 건 호기심이에요. 이 일에는 이치에 맞지 않는 구석이 있어요. 그 사람이 왜 그렇게 자기를 숨기는지 이해할 수가 없어요.」

「그렇긴 한대요. 그동안의 숙박비도 7백 프랑은 될 거예요. 이젠 돌아가야 돼요. 오늘 밤에 떠날까요?」

「오늘 밤에요?」

「내일 아침에 가든지요.」

「해볼 건 다 해봐야 한다고 생각해요.」

「글쎄, 더 이상 여기서 뭘 해본다는 거예요? 1982년 문서에는 아무것도 없었는데 도대체 뭘 기대하는 거죠?」

「그 이전 연도의 기록들이 있잖아요.」

「물론 있지요. 하지만 그건 다른 곳에 있던 거예요.」

「그 이전의 다른 도서관 기록도 한번 훑어보고 싶어요. 기록은 다른 도서관 것이지만 그 기록과 관련된 책들은 메닐 센터로 넘어갔거든요.」

「한 번 훑어보는 데 시간이 얼마나 걸릴까요?」

「모르겠어요. 정말 모르겠어요.」

나는 비스킷 먹은 걸 내려가게 하려고 차 한 잔을 주문하고 그의 손을 잡았다.

「이봐요, 클로드. 우린 서로 사랑하죠. 우린 서로 사랑하고 있어요, 그렇죠?」

「그래요, 우린 서로 사랑하고 있어요.」

「그럼 됐어요. 우린 행복해요. 당신은 문학을 공부하고 나는 잡지에 글을 쓰고 있어요. 우리에겐 집과 침대가 있고, 먹고 살고 외출하는 데 필요한 약간의 돈도 있어요. 우리에겐 부족한 게 없어요. 그런데 도대체 왜 고집을 피우는 거예요. 매그레라도 우리보다 먼저 이곳을 거쳐 갈 정도로 세심하진 못했을 테니 실망할 게 없어요. 세상의 모든 신비를 다 밝힐 생각은 하지 말아요. 그렇지 않으면 사설탐정이 되는 수밖에 없어요. 우리가 뭐, 콩스탕스 버콜과 클로드 보가트[47]라도 되는 줄 알아요? 그만둬요. 제발. 게다가 낭트는 아주 지긋지긋한 곳이에요. 난 여기 있는 게 지겨워요. 오늘 오후에 비스킷 공장을 구경하긴 했지만, 그것 말고 이 도시에서 할 만한 일이 뭐가 있어요?」

「원하면 돌아가요. 난 여기 있을래요. 하지만 오래 걸리지는 않을 거예요. 조금 있으면, 벽이 나오든 해답

47 험프리 보가트Humphrey Bogart(1899~1957)의 보가트를 딴 것. 험프리 보가트는 사나이다운 생김새와 목소리로 인기를 누렸던 미국의 영화배우로서,『말타의 매』(1941)에서 명탐정 역할을 했고『카사블랑카』(1942) 이후 크게 이름을 얻었으며, 1951년『아프리카 여왕』으로 아카데미 남우 주연상을 수상하였다.

이 나오든 결판이 나겠지요.」

「좋아요, 좋아요. 난 돌아갈래요. 하지만 자신이 지금 무슨 일을 하고 있는지 알기나 해요? 당신은 자꾸 우리 삶 속에 어떤 괴상한 허깨비를 끌어들이고 있어요.」

그는 허깨비의 존재를 믿고 있었고, 나는 더 이상 그 것을 믿지 않았다. 정작 믿어야 할 사람은 나인데, 일이 어쩌다 그렇게 되었는지.

나는 바로 그날 저녁에 파리로 돌아왔다. 그는 나를 역까지 바래다주었다. 기차 안에 들어서자 속이 편치 않았다. 나는 네 시간 내내 멀미를 하면서 낮에 먹은 사 블레를 다 게워 냈다. 내가 예전에 그렇게 악착스럽게 굴었던 것도 어처구니없는 일이었지만, 클로드의 고집 은 그보다 훨씬 더했다. 더구나 이론적으로만 보면, 그 에게는 그 수수께끼에 집착할 하등의 이유가 없었다. 그는 문학도였으니까 어쩌면 그 점이 그로 하여금 그 런 일을 할 수 있게 만들었는지는 모르겠다. 그는 평소 의 그답지 않게 강의를 완전히 팽개쳐 두고 있었다. 그 사건의 장본인인 밑줄 긋는 남자만큼이나 나도 죄가 많다는 느낌이 들었다. 밑줄 긋는 남자는 앙갚음을 하 고 있었다. 그는 자기의 자리, 온전한 자기의 자리를 차 지하려고 클로드를 나로부터 떼어 놓고 있었다. 그건 쩨쩨한 짓이었다. 쩨쩨하지만 당연하고 이해할 만한 일이기도 했다. 그런데, 그가 그토록 여러 해 동안 나를 기다렸다면, 어째서 스물을 갓 넘긴 어린 사내가 선수를 치도록 내버려 두었을까?

집에 도착하니 다른 사람에게 조종당하는 클로드가 새록새록 미워졌다. 나는 목청을 돋워 그를 수없이 나무라고 그에게 갖은 욕설을 퍼붓고 그를 경멸했다. 그가 없는 파리는 낭트보다 비참했다. 벌써부터 그가 못 견디게 그리워졌다. 나는 사위스러운 생각 때문에 엄청난 불안에 사로잡힌 채 잠자리에 들었다가, 세 차례나 땀에 흠뻑 젖은 채 깨어났다. 나는 도저히 로런 버콜은 될 수 없는 위인이었다. 명민하고, 완벽하고, 뭐든지 금방 알아내고, 침착성을 잃지 않는 로런 버콜이 되기는 애당초 그른 사람이었다. 다음 날 아침 클로드의 전화 때문에 잠이 깼다. 그는 내게 잘 지내느냐, 잠은 잘 잤느냐고 묻고, 사랑한다고, 내 생각을 하며 사블레를 먹고 있다고 말했다. 그는 숙박비를 지불해 줘서 고맙다고 했다. 그의 목소리가 어쩐지 슬픈 듯하기에, 〈당신이 여기에 없어서 그래요〉라는 대답을 기대하면서 이유를 물었더니, 그는 일이 갈수록 태산이라면서, 폴리냐크 책의 대출 카드를 찾긴 찾았는데, 그 책을 빌려

간 사람 수가 터무니없이 많다고 설명했다. 그 명단은 양면 카드로 12장 분량인데, 한 면마다 스무 명의 이름이 들어 있다고 했다. 그 도서관이 38년간 존속했으니, 그동안 수많은 사람들이 거쳐 간 것은 당연한 일이었다. 그는 이제 절망에 빠져 있었다. 〈회원 카드들을 꺼내서 그 명단에 들어 있는 사람들을 다 골라내려면 적게 잡아도 1년은 걸릴 거예요.〉 그는 돌아올 날짜를 다시 생각해 보아야겠다고 말했다. 나는 그 말이 더 일찍 오겠다는 건지 더 늦을 거라는 건지를 알 수 없어서, 그렇게 하라고 말할 엄두가 나지 않았다.

18

두 시간쯤 지나서 내가 아직 침대에서 뭉개고 있는데, 클로드가 기뻐서 어쩔 줄 모르는 음성으로 다시 전화를 했다.

「굉장한 소식이에요. 사회학을 전공하는 일군의 학생들을 만났는데, 그들은 도서관을 돌아다니며 독서 실태 조사를 하고 있어요.」

「그런데요?」

「그들이 여러 도서관의 문서들을 전산 처리했는데, 그 도서관 중에 투르농 도서관도 포함되어 있어요.」

「그게 우리에게 무슨 도움이 되죠?」

「생각해 봐요. 그들의 과제는, 누가 무엇을 읽는지, 그리고 얼마나 자주, 어떤 관점에서 읽는지, 다시 말해 독서의 동기가 사회적인지, 심리적인지, 민족적인지 따위를 알아내는 것인데, 그게 다 우리가 원하는 정보잖아요. 우리에게 중요한 건, 그들이 이미 모든 책들의 제목과 차입일을 컴퓨터에 입력했다는 거예요. 밑줄이 쳐진 문제의 책들을 빌려 간 순서대로 목록을 만들어 그들의 컴퓨터 프로그램에 적용해 보면, 그 목록과 대출 내역이 일치하는 회원 카드를 찾을 수 있어요.」

「그렇게 해보았어요?」

「아니오. 그 사람들이 방금 그렇게 설명해 주었어요. 내가 곧 해볼 거예요. 찾는 대로 다시 전화할게요.」

샤워를 하고 집 안을 조금 정돈하기가 바쁘게 다시 전화벨이 울렸다.

「됐어요.」

「그게 누구예요?」

회의와 불안과 흥분이 뒤섞인, 형언키 어려운 어떤 감정이 불현듯 밀려오는 것을 느끼며 내가 물었다.

「글쎄요. 그 사람 이름은 나와 있지 않지만, 그의 신상 기록 카드를 찾았어요. 그것만으로도 대단한 일이에요.」

「그 사람 이름을 모른다면서요.」

「그래요. 그 사람 이름은 몰라요. 하지만 그 사람이 남자이고, 등록할 때의 연령은 30대였으며, 자유 직업인이고 투르농 도서관으로부터 5백 미터 이내에 거주하고 있다는 것은 알아냈어요.」

「그런데 어떻게 이름을 몰라요?」

「그건 말이에요, 조사팀이 모든 정보를 다 입력하긴 했지만, 사람들의 이름은 알 필요가 없었고 단지 성별, 나이, 사회적-직업적 범주, 독서 습관 등에 관한 정보만 필요했기 때문이에요. 콩스탕스, 내가 하려는 얘기는, 우리가 찾는 그 사람 카드에 이름이 나와 있지는 않지만, 거기에 중요한 정보가 들어 있다는 거예요. 내 얘기 좀 들어 봐요.」

「듣고 있어요.」

「〈독서 습관에 관한 특기 사항〉이라는 항목에, 우리에게 아주 결정적인 의미를 갖는 게 있어요. 거기에 이런 게 있어요. 〈여러 책에 연필로 밑줄을 긋고 그중의 한 권인, 이리나 사프로노프의 『한 여자』에 자기 이름과 주소를 써넣었다는 이유로 도서관의 회원 자격을 박탈당함. 새 책으로 판상하라는 통지를 연속적으로 다섯 차례 받았음.〉 그리고 괄호 안에는 이런 얘기도 있어요. 〈도서관 폐관일인 1982년 3월 23일 자로 마지막 통지를 보냈음.〉 이상의 기록에서 우리가 알 수 있는 사실은, 카드에 분명하게 언급된, 이리나 사프로노프의 그 책이 십중팔구는 메닐 센터의 서가에 있다는 것이지요.」

클로드는 〈다음 기차〉를 타고 오후 3~4시경에 오겠다고 했다. 모든 일이 다시 원점으로 돌아가는 것일까? 그를 기다리면서 나는 냉정을 잃지 않으려고 종이 다섯 장에 〈도서관, 교양과 만남들의 장소〉라는 말을 되풀이해서 썼다. 나는 〈만남들〉의 복수 접미사 〈들〉을 쓸까 말까 하고 한동안 망설였다. 그 일을 끝내고 케이크를 하나 만들었다. 내 마음을 다른 일에 집중시키려고, 만들기 어려운 케이크를 택했다. 흥분이 된 탓인지, 계란 흰자와 노른자도 변변히 분리하지 못했고, 밀가루를 그릇뿐만 아니라 발에도 쏟았으며, 나무 숟가락과 베이킹파우더 봉지와 250그램짜리 버터 덩어리를 차례로 떨어뜨렸고, 사과 껍질과 배 껍질을 여기저기 흘렸다.

클로드는 5시 반에 집에 도착했다. 케이크가 다 만들어졌는데도, 너무 서두르는 통에 나는 그에게 그것을 권하는 것조차 깜박 잊었다. 우리는 책을 찾기 위해 로켓이 발진하듯 도서관으로 출발했다. 그가 마지막으로 밑줄을 그어 놓은 책, 아니 가장 가까운 과거 어느 때에 밑줄을 그어 놓은 책, 그 책 마지막 페이지의 메시지를 찾기 위하여. 내가 무척 좋아하고 기다리고 사랑하다가 잊어버렸던, 그러나 완전히 잊지는 못했던

그 남자의 이름과 주소가 적혀 있다는 그 책을 찾아서
우리는 떠났다.

도서관에서 나는 파란 소파 위에 앉아, 줄곧 왔다 갔
다 하는 클로드를 눈으로 쫓았다. 이리나 사프로노프,
그게 어디에 있을까? 프랑스 문학일까, 아니면 외국 문
학일까? 픽션일까, 아니면 기록 문학일까? 철학, 경제
학, 사회 과학 아니면 신학? 가련한 클로드는 마치 유
리잔에 갇힌 한 마리 꿀벌처럼 보였다. 그럼 나는 무엇
처럼 보였을까?

나는 자리에서 일어나 〈프랑스 문학〉 서가 앞에 있
는 클로드에게로 갔다. 찾는 책이 어디에도 없자, 클로
드는 지젤에게 급히 달려가 그 책이 어디에 있느냐고
물었다. 진작에 거기서부터 시작했어야 했는데 말이다.

「사프로노프…… 그게 프랑스 문학에 속하는 거 확
실해요? 러시아 문학 칸에 들어 있지 않을까요?」

클로드는 〈러시아 문학〉 서가를 다시 확인하러 가더
니, 그쪽에서 〈없어요〉라고 소리쳤다. 나는 출납대 위
에 팔꿈치를 올려놓고 나갈 채비를 하고 있었고, 맞은
편에선 지젤이 컴퓨터 자판을 두드리고 있었다.

「그 책은 아무 데도 등록되어 있지 않아요.」

「하지만 그것은 투르농 도서관 장서에 포함되어 있

었어요. 그건 확실해요.」

「그래요, 그럴지도 모르죠. 하지만 우리가 그 책들을
다 인수한 건 아니에요. 대부분의 책들은 인수했지만
다는 아니에요.」 지젤은 음절 하나하나를 아주 또박또
박 발음하며 대답했다. 배 속에 어린 콩스탕스가 있어
서, 책과 세상일에 대한 자기의 통찰력이 예전만 못하
게 보일까 봐 그러는 것 같았다.

클로드는 바보처럼 입을 벌린 채 넋 나간 표정을 하
고 있었다. 그때의 내 느낌은 도저히 뭐라고 표현할 수
가 없다. 나는 듣고 보고 있었지만 아무런 번뇌도 아무
런 슬픔도 느끼지 않았고 단지 묘한 공허감을 느꼈을
뿐이다.

「다른 책들은 자선 단체에 기증되었거나 재생 종이
를 만드는 곳으로 보내졌을지도 몰라요.」

나는 계속 클로드와 함께 살았다. 그에게 새 가운을
사주고 파란 가운은 투명한 비닐봉지에 담아 두었다.

최근에 안나 아주머니를 뵈러 앙굴렘에 갔다. 나는
그 도시에 새 도서관을 찾아가고, 고등학교 도서관 두
곳도 둘러보았다.

나는 아무것도 찾아내지 못했다. 사프로노프를 아

는 사람은 아무도 없다. 그럼에도 나는 밑줄 긋는 남자가 그 도시에 들를 때를 생각해서, 어떤 책들의 몇 구절을 골라 밑줄을 쳤고, 두세 줄의 짧은 글도 깨작거려 놓았다.

1973년판 『프티 로베르』 사전의 126페이지 세 번째 단어는 〈아탕뒤Attendu(e)〉이다.

Attendu, e: 기다리는, 기다리던……. (변화 없이 전치사로 쓰여)……때문에, ……에 비추어. [용례] 혼자 있기를 좋아하는 성품 때문에, 그를 아는 사람이 거의 없다. *Attendu que : [접속사구] ……이기 때문에, ……임에 비추어. [용례] 당신이 오시지 않았기 때문에…….

옮긴이의 말
책읽기와 꿈꾸기

카롤린 봉그랑은 많은 이들이 주목하는 프랑스의 젊은 작가입니다. 아직 너무 젊기 때문에 장차 어떤 작가로 발전해 가리라고 단정하는 것은 섣부른 일이지만, 그녀의 두 번째 소설인 이 『밑줄 긋는 남자』만큼은 그 독창적인 발상과 발랄하고 꾸밈없는 문체 덕분에 오래도록 사람들의 기억에 남을 것이 분명합니다. 우리 독자들의 문학 체험을 더욱 풍성하게 만드는 데 기여할 만한 탁월한 외국 소설들을 주로 선정해서 번역하는 〈열린책들〉의 기획망에 이 소설이 포착된 이유도 아마 거기에 있으리라고 생각합니다.

프랑스의 어떤 잡지에서 평한 것처럼, 이 소설은 책 읽기를 좋아하는 모든 이들, 스스로를 소설의 주인공과 동일시해 본 경험이 있는 모든 이들에게 아주 신선하고 재미있는 책읽기를 맛보게 해줄 것입니다. 도스토옙스키, 아자르(가리), 니미에, 키르케고르, 지드라는 거목들이 모여 있는 문학의 숲에서 카롤린 봉그랑은 장난꾸러기 요정처럼 우리를 이리저리 이끌고 다닙니다. 마술에 걸린 듯 봉그랑이 이끄는 대로 따라가다 보면, 우리는 어느덧 어떤 교묘한 의미망에 걸려 있음을 깨닫게 되고, 그 고독하고 순진한 주인공의 얼굴에서 문득 우리의 얼굴과 닮은 구석을 발견하게 됩니다.

우리의 주인공 콩스탕스는 결코 낯선 얼굴이 아닙니다. 자동 응답 전화기로 상징되는 독백의 시대에 진정한 대화를 갈구하는 낯익은 초상입니다. 고독하고 단조로운 삶을 콩스탕스는 꿈으로 이겨 냅니다. 콩스탕스는 현실에서보다 소설에서 더 많은 것을 배우고, 소설이라는 창을 통해 세상을 바라보면서 꿈을 꿉니다. 창밖에는 아름다운 삶들이 참 많아서 콩스탕스의 꿈도 풍성하고 삶도 풍요롭습니다. 그러나 창밖에서는 소리가 들려오지 않습니다.

어느 날 콩스탕스는 창을 열고 바깥 세계로 나가기로 결심했습니다. 그러나 바깥은 너무나 춥고 그녀의 발씨는 세상에 익숙질 않습니다. 콩스탕스는 여전히 꿈꾸듯 세상을 살려고 하지만, 이루어진 사랑은 너무나 범상하고 꿈꾸던 사랑을 이루어지기가 어렵습니다.

여러 사람들이 이 소설을 〈익살스럽고 산뜻하며 매력과 속도감이 넘치는 하나의 정교한 게임〉이라고 평했습니다. 그러나 이 책은 단순한 문학 놀이에 그치지 않고 〈책읽기〉와 〈꿈꾸기〉에 대한 의미심장한 물음을 우리에게 던지고 있습니다.

번역을 한 덕분에 스물다섯 살 처녀의 꾸밈없는 내면을 꼼꼼히 들여다볼 수 있었습니다. 아주 신선하고 즐거운 경험이었지만, 때로는 콩스탕스의 솔직함과 천진함 때문에 살짝 낯을 붉히기도 했습니다. 그녀의 섬세한 마음결이 번역자의 부주의 때문에 상처를 입지나 않았을지 걱정입니다.

너무 뜸을 들였는데도 원고 독촉을 하지 않은 〈열린 책들〉 홍지웅 사장께 깊은 감사의 말씀을 드립니다.

1994년 봄

이세욱

밑줄 긋는 남자

옮긴이 이세욱 1962년 충북 음성에서 태어나 서울대학교 불어교육과를 졸업하였으며, 현재 전문 번역가로 활동하고 있다. 옮긴 책으로 베르나르 베르베르의 『제3인류』(공역), 『웃음』, 『신』(공역), 『인간』, 『나무』, 『상대적이며 절대적인 지식의 백과사전』, 『베르나르 베르베르의 상상력 사전』(공역), 『뇌』, 『개미』, 『타나토노트』, 『아버지들의 아버지』, 『천사들의 제국』, 『여행의 책』, 움베르토 에코의 『프라하의 묘지』, 『로아나 여왕의 신비한 불꽃』, 『세상의 바보들에게 웃으면서 화내는 방법』, 『세상 사람들에게 보내는 편지』(카를로 마리아 마르티니 공저), 장클로드 카리에르의 『바야돌리드 논쟁』, 미셸 우엘벡의 『소립자』, 미셸 투르니에의 『황금 구슬』, 브램 스토커의 『드라큘라』, 파트리크 모디아노의 『우리 아빠는 엉뚱해』, 장자크 상페의 『속 깊은 이성 친구』, 에리크 오르세나의 『오래오래』, 『두 해 여름』, 마르셀 에메의 『벽으로 드나드는 남자』, 장크리스토프 그랑제의 『늑대의 제국』, 『검은 선』, 『미세레레』, 드니 게즈의 『머리털자리』 등이 있다.

지은이 카롤린 봉그랑 **옮긴이** 이세욱 **발행인** 홍예빈·홍유진 **발행처** 주식회사 열린책들 **주소** 경기도 파주시 문발로 253 파주출판도시 **전화** 031-955-4000 **팩스** 031-955-4004 **홈페이지** www.openbooks.co.kr Copyright (C) 주식회사 열린책들, 1994, 2017, Printed in Korea. **ISBN** 978-89-329-1862-4 03860 **발행일** 1994년 4월 25일 초판 1쇄 1999년 4월 20일 초판 12쇄 2000년 10월 30일 2판 1쇄 2011년 5월 25일 2판 22쇄 2017년 10월 30일 블루 컬렉션 1쇄 2023년 5월 10일 블루 컬렉션 5쇄

이 도서의 국립중앙도서관 출판예정도서목록(CIP)은 서지정보유통지원시스템 홈페이지(http://seoji.nl.go.kr)와 국가자료공동목록시스템(http://www.nl.go.kr/kolisnet)에서 이용하실 수 있습니다.(CIP제어번호:CIP2017026200)